君士坦丁堡最后之恋

一部算命用的塔罗牌小说

[塞尔维亚] 米洛拉德·帕维奇 著

曹元勇 译

上海译文出版社

大阿卡纳牌

大阿卡纳（大奥秘库）是占卜使用的22张纸牌的名称。这些纸牌标着从0到21的编号，它们与另外一副规模更大、有56张纸牌的小阿卡纳（小奥秘库）合在一起，组成塔罗牌（Tarroc，Tarocchi[①]）。塔罗牌的起源和古希腊埃琉西斯城的秘密祭神仪式[②]中的祭司（昭圣者[③]）有关，也有人认为塔罗牌起源于祭祀赫耳墨斯的秘仪传统。吉卜赛人经常拿这种纸牌给人算命，人们相信是他们把这套神秘的“语言”从迦勒底[④]和埃及带到了以色列和希腊，并随后使这种“语言”在地中海沿岸传播开了。就迄今所知，塔罗牌已在中欧、法国和意大利流行了大约七个世纪，在今天则是一种广为人知的游戏。留存下来的塔罗牌最古老的版本产生于1390年和1445年（即收藏在威尼斯柯若尔博物馆的闵契阿提牌）。

大阿卡纳牌通常会分为三组，每组7张牌。占卜过程中，由解牌人来解析每张牌本身的含义，以及它与别的牌相关联时的含义；解牌人知道每张牌的固有含义（牌义），或是给这些牌附加一些秘不示人的寓意。塔罗牌的含义依照纸牌翻开时是正位（头朝上）或逆位（头朝下）而变化，因为在后一种情况下，纸牌的寓意会和它的本义正好相反。在今天，塔罗牌及其牌义是数不胜数的、常常千差万别的指南书籍加以探讨的话题。塔罗牌的根源是表达人类集体心理的象征语符。这些象征语符和塔罗牌的牌义，全部指向古希腊、中世纪神秘哲学、占星术、数字命理学，等等。愚人通过21次启蒙，获得神秘的能量和玄奥的智慧；象征愚人的纸牌同时有塔罗牌“大奥秘库”中的0号牌、正当中那张牌和最末一张牌。

——引自《百科全书》

① 一般认为塔罗牌起源于14世纪意大利皇族中流行的一种可供占卜用的纸牌Tarocchi，意思是“王牌”或“胜利”。

② 埃琉西斯，希腊东部的一座古代城市，距离雅典不远，古希腊每年在此地举行祭祀谷神得墨忒耳和冥后珀耳塞福涅的秘密仪式。

③ 昭圣者，现在常译作“导师”，指埃琉西斯秘密仪式中的主祭司，主要工作是在秘密仪式中呈献圣物，并对初入教者解释秘义。

④ 迦勒底，古巴比伦人的一个王国，公元前6世纪被波斯人征服。

用本书算命小引

你可以按现有篇章顺序阅读这本小说。此外，你也可以选择本书附录一所描述的三种牌阵（魔法十字、大三位一体和凯尔特十字）中的某一种来摆牌，然后根据牌阵要求的顺序去阅读相对应的篇章。如此阅读，才有可能用纸牌来占卜或算命。

如果你想了解自己的运命，那就取一副塔罗牌，洗牌并切牌。按牌洗过之后的顺序，记下每张牌的编号。然后把纸牌面朝下呈扇形展开，以便拣取你想要摆出的牌。如果你选择按魔法十字来摆阵，那就拣取五张牌，依照魔法十字的形状将它们摆开。翻开这几张牌的次序，本书附录一有说明。在本书后面的附录二，你可以找到有关每张牌的释义。对每一张牌，本书相对应的篇章有更为深入的解析。你可以亲自读一张牌的解析，也可以请别人读给你听。把一张牌的解析读完之后，再去读下一张牌。

要是你想让别人为你解牌，那就取一副塔罗牌，让解牌人洗牌；然后，你一定要用自己的左手切牌。接下来，解牌人把洗好的牌的顺序记住，在桌上把牌面朝下呈扇形布开。你把自己需要的牌拣起来，按照解牌人选定的牌阵阵形将牌甩到桌上。解牌人会翻开这几张牌，逐一解释给你听。

目　录

双性女士用的大奥秘库牌义

特殊牌牌义[1]

愚 人

除了母语，他还讲希腊语、法语、意大利语和土耳其语。他出生在的里雅斯特[2]的一个塞尔维亚商人和戏剧赞助者世家；这个家族在亚得里亚海有自己的商船，在多瑙河畔有自己的麦田和葡萄园。他父亲哈拉拉姆皮耶·奥普伊奇是法国骑兵部队里的军官；从童年时代起，他就在父亲的队伍里效劳。他知道骑在马背上或者做爱的时候，呼气比吸气更重要。他身穿华美的骑兵礼服。隆冬时节，他宁愿铺冰卧雪睡在有篷马车底下，也不肯把他的俄国种母狗和它的幼崽轰下马车；战争期间，他的黄马靴弄坏了，他为此哭过鼻子。为了不会和自己的骑兵装备分离，他放弃了去步兵部队服役的机会。他痴迷于骏马，总是把它们的尾巴编成辫子。他的银质餐具是在维也纳买的；他热衷于参加化装舞会、假面舞会，喜欢观看烟花；每逢置身于因为女士和音乐而蓬荜生辉的客厅、酒馆，他总是感觉如鱼得水。

他父亲过去谈到他，经常说他像河岸上新起的风一样愚蠢，说他总是挨着悬崖的边缘行走。他看上去一会儿像他母亲，一会儿像他爷爷，再过一会儿又像他未出世的儿子或孙女。他长相俊美，身材比一般人高，面色苍白，下巴上有个肚脐似的酒窝；浓密的长发如煤块一般黝黑。他总是炫耀他那像小胡子一样蜷曲美观的眉毛，而他的小胡子则编得像条鞭子。在巴伐利亚、西里西亚和意大利永无休止的军事远征中，女人们对他的容貌、骑术和经过梳理的长发赞叹不已；每当行军和军旅生涯的艰苦让他感到厌倦，他会到路边小酒馆的灶膛前烘干他的头发。为了取乐，那些女人会给他穿上女人穿的衣服，往他的头发上插一朵白玫瑰；在小酒馆跳舞时，她们会拿走他身上最后一文钱；当他生病或疲惫时，会让他睡她们的床；然后在骑兵部队冬季休整期结束时，她们会眼泪汪汪地离开部

---

① 原文是 Posebni Ključ，英文是 Special Key；特殊牌即 0 号牌“愚人”。

② 的里雅斯特，位于亚得里亚海东北部，历史上是日耳曼、拉丁、奥匈帝国和斯拉夫文化的交汇点；从 1382 年到 1918 年一直处于哈布斯堡王朝统治下，为奥匈帝国的主要出海口之一；拿破仑战争时期，曾被法军于 1797、1805 和 1809 年三次占领；第一次世界大战后并入意大利。

队。然而他呢，他总是说他的所有记忆都在他的食品包里装着呢。

脸上带着一副外国女人的笑容和不断长长的胡须，索福洛尼耶·奥普伊奇穿越了大部分欧洲，从的里雅斯特、威尼斯、多瑙河一直走到了瓦格拉姆①和莱比锡，起先是作为一个孩子跟着他父亲，后来是在法国骑兵部队靠他自己；他在法国军营里长大成人，每隔十年见识一次战争。他母亲，帕拉斯凯娃·奥普伊奇太太，给他送"黑核桃仁糕饼"总是徒劳，无法送达。年轻的索福洛尼耶在自己的孩子出世之前，就让自己的魔鬼出生了。他一只眼睛长得酷似他外祖母的眼睛——他外祖母首先是一个希腊人，另一只眼睛则酷似他父亲的——他父亲终归是一个塞尔维亚人；因此，出生于的里雅斯特的小奥普伊奇所看见的世界是一个斗鸡眼所见的世界。他会窃窃私语："上帝是上帝，我却不是我自己。"

从童年初期开始，他就怀有一个巨大的、深藏不露的秘密。那情形俨然是作为一个人他觉得自己出了毛病。很自然地，他想要改变这种状况。他热切地、不动声色地渴望这么做，为这种渴望而略感尴尬，仿佛它是一种不合时宜的造访。这种渴望宛若一种因为饥饿而引发的不适，却哀叫得好似心脏里面发生的一阵刺痛；抑或像一种微痛，发作时却如同灵魂里的某种饥饿。他全然不记得究竟是在何时，这种隐秘的、对改

① 瓦格拉姆，奥地利地名，在维也纳东面、多瑙河北岸；1809年拿破仑在此地击败奥地利人。

变的渴望已经以无实体的能量的形式在他心里萌生了。这种情况的发生就仿佛：他躺在床上，将中指尖和拇指尖顶在一起，等到打盹入睡以后，他的手臂从床边滑落，手指随即分开；他陡然惊醒，仿佛掉落了什么东西。实际上他掉落的是他自己。于是渴望出现了，这种可怕的、不可动摇的渴望是那么强烈，那么沉重，他的右腿开始变得一瘸一拐……还有一种情况，事情对他来说似乎又变成：很久以前，他发现有个人的灵魂漂浮在他盛卷心菜的盘子里，而他吞噬了那个灵魂。

所以，正是这种隐秘的、影响深邃的事情在他心里播下了种子。这究竟是不是某种与他父亲以及他自己的军旅生涯密切相关的愚蠢野心，某种对一个新生的、真实的敌人和目标更加明确的同盟者所怀有的无法实现的渴望；小奥普伊奇是否想要颠覆他与父亲的关系，抑或他是否热爱南方，作为皇家骑兵，受到了向南直抵伯罗奔尼撒的巴尔干没落帝国的诱惑；他的希腊裔外祖母的血液里是否具有某种特别的东西，以至于她的家族通过欧洲和亚洲之间的贸易积累了一大笔财富；抑或，这是一些偶发事件，某种强烈而混乱的、定会让人的面孔永远无法平静的欲望——这一切很难说得清楚。这种情况让他的面孔一会儿显示出他年老之后会变成什么模样，一会儿又显示出他还在任由自己的听觉支配着行走于人世间时的模样。因为人的面孔会呼吸，会不断地将时间吸入和呼出。

由此开始，他坚定而异乎寻常地努力，力求促使自己的生活发生根本性的改变，让自己毕生的梦想变成现实；不过，他对此总是竭尽所能加以掩饰，搞得别人时常发现他的举止莫名其妙。

从那时起，小奥普伊奇悄悄地在舌头底下像掩藏一个秘密一样藏了一块石头，或者更准确地讲，在他舌头底下像掩藏一块石头一样藏了一个秘密；他的身体也经历了一种难以掩饰的变化，这种变化渐渐变得很神奇。最先注意到他发生变化的是女人，不过她们没去点破；随后他那个团里的男人们开始公开拿他的变化来说笑，这个故事也就在战场上传开了。

“他像个娘们儿。他可以一直那么干！”他那支部队的军官会用讥嘲的口吻说。

从那个注定一切的日子开始，小奥普伊奇嘴里含着他的秘密跋涉在世界上，他那随时都作好准备的男性之矛紧贴在腹部。他挺直自己的第 **11** 根手指，开始数天上的星星。那根手指一直保持着那种架势。他从不为此苦恼。他快活地骑着他的马，但是关于他的秘密，却从未向任何人透露一个字，而这个秘密很可能已经成为所有事情的起因。

“他是在鬼混。”当他所在的那支部队朝着西北方向某个陌生之地坚定行进时，军官们议论说。

他一直遵照父亲的命令，跋涉在那条布满泥泞的军用道路上；不过，他现在几乎很少遇见父亲，哈拉拉姆皮耶·奥普伊奇上尉。有时候他想起，在的里雅斯特他们家的大宅子里，到了夜间，父亲会在昏暗中从枕上抬起头，竖起耳朵倾听良久。

父亲在听什么呢？小伙子会满腹疑惑地揣想。房子？战争？时间？大海？法国人？他的往事？或者，难道他是在倾听那可以听得见的出自未来的恐惧？因为未来是一座恐惧从中信步走出的马厩。当老奥普伊奇那样倾听时，小奥普伊奇的母亲为了不让他挺着脖子、支棱着耳朵睡过去，会将他的脑袋猛然按回枕头上。尽管老奥普伊奇让自己的部下和上级都感到恐怖，但他对这个儿子的爱却超过儿子的母亲。他一直从自己征战的战场远远地看顾着这个儿子。这个儿子已很久没有见到他，已经不知道自己父亲长什么模样，甚至也不知道自己是否还能认得出父亲。他那住在的里雅斯特的母亲就更不用说了。她讲自己儿子的话可不是白说的："那孩子是塞尔维亚人和希腊人两种血统的混血儿。醒着时他想要彩虹，睡着时想要商铺。"

实际上，索福洛尼耶·奥普伊奇中尉的行为举止倒是颇像他的猎犬。他在每个角落后面倾听和察看。他是一名经验丰富的老兵；14 岁时在乌尔姆①的那场胜仗中，22 岁时在普鲁士的那场败仗中，他都曾被打得失去了知觉。但是在他灵魂深处的某个地方，他仍是一个愚蠢的无赖。他一如既往躲在某个角落后面观察他的父亲，躲在另一个角落后面倾听他的母亲。他渴望与他们相会。他并不了解自己是谁。

① 乌尔姆，德国城市，位于慕尼黑与斯图加特之间，多瑙河上游流经之地。

第一组七张牌的牌义

1 号牌

魔术师

“想不想吃我的奶啊，我的中尉？”在乌尔姆郊外的一顶帐篷前面，有个姑娘这样问小奥普伊奇。

索福洛尼耶·奥普伊奇中尉的眼睛被一只鸟吸引住了；在帐篷上方快速刮过的风中，那只正在飞行的鸟仿佛受到了羁绊。帐篷里传出一个男人的声音，他在唱《记忆是灵魂的汗水》。奥普伊奇付过钱，走了进去。

一位魔术师站在帐篷里面的桌子上，腰里系着一条自己咬自己尾巴的蛇；正在唱歌的就是此人。他头发上插着玫瑰花。

歌快唱完时，犹如瞄准帐篷上方的那只鸟一般，他让高音冲过自己的犬齿；随即，他的声音恰似一支箭，将那只鸟射落。接着，他主动提出要为客人们效劳。给五个法郎[①]，他可以吃掉现场任何一个人的名字；如果再加一点钱，他还可以吃掉那个人的绰号。

“无论哪位，只要接受这个条件，就再也不会被别人用他进来时还在用的那个名字称呼他了。假如你随身带着家里的钥匙，而你的家已被战争摧毁，那么只消把你的钥匙扔进一口大锅里，我就可以重建你的家，连最微末的细节也不漏过，因为每把钥匙都会制造某种回声，从而让耳朵获得有关那把钥匙所守护的房子的形状和尺寸的清晰描述。”

最后，魔术师建议在场的每个人都许一个愿，他会帮助大伙实现各自的愿望，与此同时，在每位绅士走出帐篷的时候，玛丽小姐会愉快地让他吃奶，以感谢他的光临。轮到奥普伊奇中尉许愿的时候，魔术师变得烦躁起来，尽管这位观众还没有对他说出自己的愿望；魔术师飞快地跳下桌子，试图溜到帐篷外去。

正如一朵花从来不会有充足的蜜，人在一天当中也不会有足够的智慧，奥普伊奇中尉心想。与此同时，他追上魔术师，揪住对方的衣领。他在一只木桶上坐下，让魔术师跪坐在地上。

---

① 原文直译是“四分之一拿破仑金币”。一个“拿破仑金币”相当于20法郎。

“把舌头伸出来！”他命令道，魔术师立刻照办了。“下雨吗？”

魔术师点点头，尽管并没有下雨。

“撒谎的家伙！你以为你可以耍弄我，就像耍弄在你帐篷上面飞的那只鸟那样？知道我是谁吗？”

“知道。正是因为这个我才想溜走。你是的里雅斯特的哈拉拉姆皮耶·奥普伊奇上尉的公子。”

“没错。现在别绕弯子。你到底能还是不能把别人的愿望变成现实？”

“在你身上不行。不过我知道在什么地方可以做到。我可以把秘密告诉你。在君士坦丁堡的一座圣殿里，有一根石柱，上面镶嵌着一块紫铜盾牌。那块盾牌的当中有个圆孔。任何想许愿之人必须把大拇指插入那个圆孔，同时手掌紧贴在上面，绝不能让手掌离开那块铜板或是让大拇指离开那个圆孔，然后他的愿望就会得到回应。但是要小心，先生，要谨慎啊。如果上帝想要惩罚一个人，他会在满足你一个愿望的同时，赏赐你一个可怕的厄运。说不定他就是这样对待他所眷顾的人的，我们并不了解，但是对我们来说，无论怎样都是一回事。所以要谨慎啊，中尉。而且千万别忘了《记忆是灵魂的汗水》这首歌。”

“你扯的这些，我一点儿都不信，”中尉回应道，“不过，尽管如此，我还是要再问你一个问题。你能否帮我找到我父亲？自从沙石越来越细、风越来越强劲，我就一直未曾见过他。我知道他正朝着莱比锡那边撤退，可我不知道他如今在哪里。”

“我没法告诉你他在哪里，不过我能告诉你的是，有一伙扒手和江湖骗子每个礼拜四会到这座帐篷来，给容易受骗上当的人们演戏。他们表演的是你父亲，哈拉拉姆皮耶·奥普伊奇上尉的死。”

“你说死是什么意思？他还活着呢！”

“我知道他活着，中尉。可这就是那出戏的名字：《奥普伊奇上尉的三死》。”

“你所说的这些，我一个字儿都不信。”中尉再次说道，随后就走开，睡觉去了。

*　　*　　*

然而，到了礼拜四，小奥普伊奇还是作了一番调查。在魔术师的帐篷里，那伙人的确正在表演他父亲——“哈拉拉姆皮耶·奥普伊奇的三死”。小奥普伊奇走进帐篷后，当即质问他能逮到的第一个戴面具的演员，他们怎么竟敢表演一个活人的死；那个演员却镇静自若地回答说：“你应该知道，先生，这出戏的费用是哈拉拉姆皮耶上尉本人亲自支付的，他是一位了不起的舞台鉴赏家和戏院与喜剧捐助人。他如今正在易北河①一带打仗呢。”

① 易北河，中欧地区的一条大河，发源于苏台德山脉，经捷克、德国流入北海。

自然，因为知道的里雅斯特的奥普伊奇家族长期以来都是戏院赞助者，索福洛尼耶·奥普伊奇中尉无奈，只好坐下来看演出。帐篷里的人们发现他时，似乎全都愣住了。他们早就认识他。他对演员们说，他们可以无拘无束地开演了。

刚开始，一个嘴上粘着别人的胡髭、身穿法军束腰大衣的男子出现在他们面前。他扮演的就是奥普伊奇上尉。四个女人和一个姑娘站在他的周围。其中一个女人转向上尉，说："的确，我们立刻就明白了我们站在什么地方，所以请记住，我不是你外曾祖父的灵魂，我也不是借吸血鬼的形象来表现他。他已经死了，没有留下任何东西，不管是他的肉体还是他的灵魂。但是由于死本身不会死去，所以我出现于此。我就是他的死。站在我旁边的这位是你的曾曾祖母的死。她留存下来的一切全都在这儿。假如我们在这点上能够心有灵犀，那么我们就可以往下继续了。话说回来，你的每一位先祖都只有一个死。可你却不是这样。你会有三个死，这三个死都在这里。这位上了年纪的女士，这位可爱的妇人和这位姑娘，她们就是你的三个死。仔细看看她们吧……"

"我会留存下来的一切都在这儿啦？"

"是的，都在这儿了。而且绝非可有可无。但是，上尉，对这些死，你是不会注意到的。你会穿过它们，一如你会穿过凯旋之门；而且你会继续你的征程，就好像它们并不曾发生过。"

"可是在我三死之后，在我因第三次死亡而变成吸血鬼之后，会发生什么？"

"在一个瞬间，无论对你还是对别人来说，仿佛你仍然活着，仿佛未曾发生任何事情，直到你经历了你的最后之恋，直到你引起一个女人的注意，你会跟那个女人繁衍后代。就在同一个瞬间，你会从世界上完全消失，因为存在三次的灵魂不能生育后代，正如一个人因为三次死亡而变成吸血鬼之后不能生育孩子一样。"

随后，帐篷里昏暗下来，可以听到一头熊的咆哮。当戏台上的灯光再次亮起时，一个身穿法军束腰大衣、扮演奥普伊奇上尉的男子正在为了宝贵的生命与一头硕大的熊进行搏斗。男子把他的匕首刺进那头野兽的身躯，而那头野兽在垂死挣扎中，冲着他泚了一泡尿，呛得他窒息过去。男子和野兽一起倒在地板上……

观众鼓掌欢呼；演员们为了祭奠那个死去男子的灵魂，送给每位观众满满一勺煮熟的麦粒。有人评议说，这便是哈拉拉姆皮耶·奥普伊奇上尉的第一个死。接下来表演的是他的第二个死。

第一场里的那个漂亮妇人上场，走到观众面前，说："你们这些人不晓得如何测算你们的日子。你们按照长度测算日子，说它们长达二十四个钟头。然而有时候，你们那些日子的深度比它们的长度更为恢宏，而且一日的深度可以相当于一个月甚或一年的长度。正是因此，你们不晓得该如何囤积你们的生命。更不要说你们的死了……"

话刚说到这儿，奥普伊奇上尉闯进帐篷。他手里拿着一只军用双筒望远镜，逼得观众纷纷向一旁闪躲。紧随其后出现的是一个身穿奥地利军大衣、手持来复枪的男子。上尉转了个身，把望远镜举到一只眼睛前面。与此同时，另外那个男子透过那只望远镜击毙了他。上尉摔下马背，那匹马则因为没了约束，蹿进夜幕……这便是奥普伊奇上尉的第二个死。演员们为了祭奠他的灵魂，再次送上满勺满勺煮熟的麦粒。

接着，第一场出现过的那个姑娘上场，走到观众前面，行了屈膝礼。

“不要离开啊。我的死今夜很不安生；把你的手指插进我的耳朵，好让我即使在睡着时也知道你在这儿吧。听！在黑暗中，心儿跳出了一个人的全部岁数，这些岁数都是在我们内心完成的……”

这就预告了上尉的第三个死，亦即最年轻的死的到来。戏台上（一如外面），夜幕已然降临。两个男子拎着提灯，握着军刀，走向对方。很显然这是一场决斗。其中一位扮演奥普伊奇上尉（身穿法军大衣）；另一位扮演奥地利军官。扮演奥普伊奇的那位突然停住，将他的军刀插在地上，提灯挂在刀把上，然后隐入黑夜，准备从后面袭击敌人。他的敌人正迟疑不决地站在几步外的地方，而他则盯着敌人的提灯，从黑暗中迎面摸了过去，也搞不懂对手究竟在干什么和为什么毫无动静地停在那里。恰在此时，在猝不及防的情况下，哈拉拉姆皮耶·奥普伊奇在一片漆黑中径直撞上奥地利人的匕首，距离对手狡猾地插在街道中央的军刀和挂在上面的提灯还有很远。这就是哈拉拉姆皮耶·奥普伊奇上尉的第三个死。

我有一事不明，离开帐篷的时候，小奥普伊奇这么想。

而就在此时，有个声音在他身后说道：“幸好你不明白！”

中尉回转身，看见头发上插着玫瑰花的魔术师，就问：“真相是什么？我父亲究竟是活着还是死了？”

“每个人都拥有两种过去，”魔术师回答说，“一种叫作‘慢悠’；这种过去随着一个人的出生而生长，然后向着死发展。另一种叫作‘哧溜’，它跟着一个人回溯到他出生的时刻。这两种过去的长度是不一样的。两者当中哪一种更为长久，决定了一个人要么因为自己的死而生病，要么不生病。如果是后一种情形，就意味着此人在坟墓的另一侧同时也在筑造他的过去，这种过去甚至在他死了之后还会继续生长。真相就存在于两种过去之间……但是，中尉为何不去找女祭司求教呢？”魔术师最后问完这一句，就离开了。

2 号牌

女祭司

女祭司能透过一个陌生人的眼泪解读此人做的每一个梦。她一直生活在乌尔姆，年轻时从来没给别人算过命。她经常说：“为何我非得去察看别人的时间碎片，仅仅为了看到别人的时间是如何拼接的？绅士们的怀表显示着怎样的时间，或女士们的束胸底下有着怎样的时间印痕，对这些我全无兴趣。”

据说在一条大街的拐角，她决定造一座小房子。一俟地基工程打桩完毕，泥瓦匠们就请她拿出她的纸牌，让她洗好牌，并在上面画了十字。然后，他们连牌面也不看，就在那幢房子的78块地基石的每一块下面分别放了一张正面朝下的纸牌。

正是在这座房子里，一天晚上女祭司做了一个梦；这样的梦所延续的长度是梦到它的那个夜晚的长度的两倍。她躺在她的床上，床的四根柱子上分别装着一个金属球。一个男人和一个漂亮的年轻女子朝她走过去，先是用她的头发缠绕住她的脖子，然后绑在她枕头后面的床栏杆上。接着，他们把床头捆了起来，让床倾斜得正好能扯紧她的头发。这时他们才开口说话："现在我们要把你的房子移到天上去。因为我们只需要一个美好夜晚。我们不仅动作敏捷，还很强壮。如果你不反抗，也不尖叫，我们就不会碰你。如果你非要尖叫，那你会立刻发现自己的房子到了天上。我们甚至用不着把你从床上弄走。"

她尖叫一声，他们就把床斜捆着，同时清空了房子里的东西，把那些东西装到大马车上。她再次尖叫，这一回他们把床捆得更陡了，不过没让她掉下去。然后，她就给留在那儿，被她自己的头发吊着，直到天亮。

她在那张床上苏醒，周围却已是一片荒地。一夜之间，越过她这个大活人的身体，窃贼偷走了整座房子；他们把房子一块石头接着一块石头、一片砖瓦接着一片砖瓦地给搬走了。连一扇窗或一只门把手都没能给找回来。只有那张带华盖和柱子的床完好无损地保留下来，但是它几乎笔直地竖靠在邻居家的院墙上，以致她躺在床上，盯着脚下的土地，险些被自己的头发给勒死。

这件事以后，她并未打算再造一座新房子，而是宁愿住在邻居家里。与此同时，这所遭过劫掠的房子的地基上长出了白玫瑰与红玫瑰，长出了柏树、向日葵、小麦、百合和棕榈；花园中央则长出了生命之树，一旁还有智慧之树，举目所见皆是以树叶和香草编织的花环和凯旋拱门。

从此以后，女祭司便宣称自己有所房子在天上。她把那张带华盖的床一直留在花园里，而那儿就是她用纸牌算命的地方。

索福洛尼耶·奥普伊奇中尉就是在那儿找到了她。他从两块标着黑白记号的石头中间穿过，走进花园。

“你就是女祭司？”他问待在那儿的那位老妇人。

“我是月之处女。”她回答。

中尉请她算命，算算他的命和他父亲的命。她让中尉晚上再来。等晚上中尉到了之后，她便动手把纸牌摆在她的床上。她翻开第一张牌，从上面看出以下内容：

“你父亲从属于一个成员联系非常紧密的组织。在修道院，这种组织被称为隐士会——修道士们生活在一个团体中，一起进餐，一起祷告。在我们生活的这个地方，面对外面的世界，这些人一般都大权在握；他们发动战争。你父亲非常强大，手操一把军刀，脚踩一场获胜的战争。他和他那类人也造就杰出的医生、草药商、歌唱家、石匠、葡萄种植专家、乐师以及作家。

“至于你，”女祭司继续说，眼睛仍盯着同一张纸牌，“你不会属于他们那个圈子，你父亲那个圈子。怜悯这个胜利者的儿子吧！世界永远不会是他的。对你来说也是如此。你父亲和他的同党会让你和他们的其他孩子永远停留在婴儿学步车里。你会在摇篮里慢慢变老。你会总是梦见自己父母的家，喜爱女性圣像超过喜爱男性圣像，而且还会加入隐士的行列，那些隐士每一个都是靠自己的手和自己的炉火而生活的。你会一个人吃饭，一个人睡觉。”

“请等一下，”小奥普伊奇说，“在同一张牌上，你既看出关于我父亲的事情，也看出截然不同的关于我的事情！这怎么可能呢？”

“很简单。有人喝酒，酒也让他感觉舒服；另一个人喝同样的酒，酒却让他难受。你究竟想要什么？”

“说下去。”

月之处女翻开另一张纸牌，从上面看出下面的内容：

“你父亲和他那类人会像一个庞大的圣家族一样相互扶持。他们会带着他们兄弟会的圣灵走过异国的行省，相对于那个圣灵，其他的一切都是次要的。你父亲不会拥有财产，因为他所拥有的任何东西都将是公共的财产，而他会认为这意味着那些财产也属于他。他的教堂也是他们的教堂；那就是说，他们自己就是那座教堂。你父亲会喜欢白天胜过黑夜，喜欢男性圣像胜过喜欢女性圣像。只要你为之效劳的国家还在追求权力和富裕，它就属于你父亲；也属于他那类人，他的兄弟会。

“至于你，我的英俊小伙，你会喜欢上小麦，永远成不了勇士，但你会学习你父亲的敌人所说的语言。你会讲得流利而迷人，你也会因此懂得怎样保持沉默。你可以在数年之中保持着沉默……还有一件事，你右脚上的皮靴是不是偶尔夹痛你的脚？”

“是的，是这样。”

“谅必如此。在数年当中，你会在你的心底携带着、掩藏着某种重要的东西：一场梦，一个秘密，或是一种欲望；这欲望是那么巨大，你的右腿会在它的重压之下发软打颤。你会追随着这种欲望，追随着这种酷似疼痛的饥饿，到处旅行。你会追随着你那满世界地追逐这种饥饿的疼痛，在各种道路上漫游。你会长年累月与这种欲望搏斗。秘密地，独自地。因为像你这样的人彼此都容忍不了对方。你会没有朋友……因此，你不会知道自己是什么人。”

“我非常清楚我是何许人以及我是什么东西。”中尉打断女祭司的话，说道，“我是这样一个人，当我工作的时候我让别人往我手上吐口水，当我吃饭的时候我让别人往我盘子里吐唾沫。作为一个吞食刀子和黑暗的人，我从一块疯狂的石头跳到另一块上面，而我的腿并没有混淆彼此。一只口袋里生长麦子，另一只口袋里生长野草。我感到精疲力竭，我的灵魂正从我的鼻孔里钻出来，他们在教我怎么打喷嚏。我父亲把我的天空搞得既明亮又昏暗，天空往我的餐盘里下雨，往我的床上下雪。我是用餐叉给他梳头发的人，是播种刀子、养肥牙齿的人，因为在我吃饭时我的汤勺不会生长……我根本不需要你这种毫无说服力的故事。”

“那你需要什么，我的猎鹰？”

“你讲的是个阳性故事。我从前在一些修道院早就听过了。这个故事的阴性部分呢？你想不想告诉我，在你的角色分工中，或是在修道院或随便谁的角色分工中，女人的位置在哪里？难道你把女人都给忘了？还是在你的角色分工中只有男人？我想知道我的母亲是谁，我的妹妹们都是谁，我的女儿将会是谁。”

“这些我没法告诉你。你会从一个人那儿得到这些问题的答案，那个人是‘第三只鞋’。”

“‘第三只鞋’是什么意思？”

“一个具有两种性别的女人。”

“你是什么意思？”错愕的中尉问道。

“男人只拥有一种性。女人拥有两种。要当心‘第三只鞋’啊！”

刹那间，小奥普伊奇再次感觉到饥饿在他心脏里面造成的不适，这饥饿犹如刺痛一样无声无息地存留在灵魂深处。在那座花园里，他感到周围缭绕着香气，仿佛置身于一座教堂。他用人们研读书信的方式，开始研读和领会那些芳香的寓意。他由那些芳香引导，穿过地下的植物，沿着那些芳香的路径一路前行。百合为他绽放，如同一种未曾被欲望玷污的纯净思想，如同永恒的生命，如同梦境里的哺乳，如同一头毛驴的性器，如同成年人够不到的衣服而年轻人却够得到的毛巾。白玫瑰散发出色雷斯①的气息，宛如获原罪前的夏娃，宛如穆罕默德的汗，宛如人类的灵魂和维纳斯那缺乏动物欲望的血液，但是当那血液将玫瑰染红时，它会散发出激情的气息，犯罪之后夏娃的气息，魔鬼诅咒和上帝祝福的气息；与此同时，五叶瓣的玫

① 色雷斯，巴尔干半岛东南部、爱琴海至多瑙河之间的地区。

瑰用战神才具有的致命威力抽打着他。柏树好似爱情女神的圣树，发出飒飒之声；它散发着天堂和圣山[①]的气息，火焰的气息，宙斯权杖和爱神之箭的气息，香火的气息，而它的根散发着银的气息、金的气息和青铜的气息。麦子散发着基督肉身的气息，大地母亲的气息，石榴树和地下世界的气息；而且它还对盐和酒的气息作出呼应。棕榈树用胜利超越死亡，让运动具有力量；向日葵注视着他，而非注视着太阳；老妇人身后那棵智慧之树将它的五种果实像五种感官一样奉献给他，而他自己背后那棵生命之树则用同样数目的小小火焰替代了十二片叶子，那些火焰转瞬之间就跟天上的星座、他内心的疼痛联结在了一起。

随后，他看到女祭司又一次开始翻她床上的纸牌了：首先出来的是魔术师，接着是教皇，然后是权杖二、星币一、圣杯一[②]和节制。

“这些牌都是为百合翻的。”她说道，然后又翻开其他的牌。愚人为白玫瑰在床上翻了过来，魔术师、教皇和星币王后为红玫瑰翻了过来。为五叶瓣玫瑰翻过来的是死神，为棕榈树翻过来的牌是女祭司本人。为柏树和小麦，她翻开的是女皇那张牌；为向日葵，翻开的是权杖王后和太阳；为爱情之树和智

① 圣山，即阿陀斯山（Mount Athos），著名的宗教圣地，位于希腊东北部，有 20 座修道院；此处是修道士的聚居地，严禁女性和雌性动物进入。

② 权杖二、星币一、圣杯一以及下面提到的星币王后、权杖王后，均属塔罗牌的副牌“小阿卡纳牌”。小阿卡纳牌共有 56 张，分权杖、星币、宝剑、圣杯四组，每组 14 张。

慧之树，女祭司翻开的牌是恋人和战车。

“这是否意味着这些植物已经开始讲纸牌的语言呢，那些放在你那座遭过劫掠的房子地基中的纸牌？”中尉问。

“不是。迄至今日，这些纸牌讲这些植物的语言已经长达数千年，人类的命运就镌刻在这些植物上面。‘第三只鞋’就是那个不会踩踏这些植物的人。”

黎明时分，索福洛尼耶·奥普伊奇中尉离开了那座花园，当时他感觉自己俨然处在悬崖边缘。一只叫声嘶哑的乌鸦从头顶上方掠过，它的两只黑色翅膀掀动着风。他蓦地感到自己的孤独翻倍了。接着，这孤独开始生长，仅仅停顿了一秒钟，就回到了数字二。有人像过乡村生活一样暂居于他的孤独里。他断定，对一个孤独之人而言，遇到这种情况绝对算是幸运。

3 号牌

女　皇

1813 年复活节，军旗手索福洛尼耶·奥普伊奇受派遣，到他所属的前线部队的军事指挥部执行一项秘密使命。行程需要他经过的里雅斯特；所以，在过去了那么多年以后，他终于又看见了红土和红牛，牛角上挂着绚丽的彩球。他呼吸着苦涩的海风，尽管那天就在他父母的家里过夜，却没有想到在当晚拜见母亲大人。

把他迎入那幢处于沉睡中的宫殿的是一个美人儿。这女人的牙齿上面镶着一颗宝石，黑发上洒着点点星尘，两乳之间粘着一粒人造美人痣。

她肯定有17岁了，在她讲话的时候索福洛尼耶暗自猜想。她说她名叫佩特拉·阿拉乌普，她的身份有点像索福洛尼耶的姨妈；她说他的母亲——帕拉斯凯娃夫人吩咐过，由她来安顿他去睡觉。她把他带进一间卧室，卧室墙上挂着一幅圣像、一面镜子和一幅带椭圆形金框的油画。索福洛尼耶·奥普伊奇惊奇地发现，那幅油画描绘的只是一面天鹅绒窗帘。佩特拉把那面镜子面朝墙翻了过去，这样就不会招引虫子；然后她也没先问一声，就帮着年轻的索福洛尼耶脱光衣服，并像弄小孩一样把他弄到床上。看见他的第十一根指头硬邦邦挺立着，她就说："帕拉斯凯娃夫人必定会说，明天你可不能这样子去教堂。"

随后她在油灯旁坐下，开始做编织活。

"你饿吗？"她一边问，一边对着正在织的东西嘻嘻直笑。

索福洛尼耶·奥普伊奇也笑了，说道："我心里装着一条鱼的名字。我所需要的就是一条鱼，而且我很饱了。不过，并不是人人都可以给鱼。"

"瞧瞧他！"佩特拉反唇相讥，"现在他只想着这种美事儿，为了如愿以偿，什么都肯付出；可是一旦他得到了，他会当即在你身上呼呼睡去，而且用天晓得多么肮脏的梦遗下的黏液塞满你的嘴巴，在梦里，那些人给予他的东西是他在真实生活中永远也得不到的。你几乎没法把他从身上推开。拿住这个线团；一直拿着，直到你睡着。不过要当心，别把线弄断了。

要是线断了，我为之编织这东西的那个人就该完蛋了。”

“你手里织着的是什么东西？”

“我积攒了很多绺头发，正在织一个阴茎保暖袋。”

“给谁的？”

“当然不是给你的；我又不曾量过你的尺寸。”

说到这儿，佩特拉停下编织，将她那漂亮的棱角分明的手捂在胸前。

“我真倒霉啊。”她低声说。

“怎么回事？”

“来了一个访客。”

“什么样的访客？”

“我心口里面轻轻疼了一下，就像一阵轻度的饥饿发出呻吟。说得更确切点，就是我心里有种渴望痛苦的轻度饥饿。”

“别人或许会说你已经有一位访客了，因为你灵魂深处的疼痛和饥饿，通常是出现在访客的一次造访之后。要不就是因为我长着这种黑胡须，不是那个长着白胡须的人！我很清楚什么样的杯子不需要再添酒。”

“我真倒霉！什么样的杯子？”

“斟满酒的杯子，这你很清楚。”

“你什么也不知道。你的大脑只在你的耳朵里思考问题。你知道有多少人曾在我这儿过夜吗？”

“不知道。”

“嗯，我也不知道。不过，我知道我这种饥饿感是与生俱来的。”

佩特拉一边说着，一边起身走到窗户那边，从花盆里采了一根箭猪草叶子，放进嘴里，用舌头打成一个结，给索福洛尼耶看了看。

“治好啦！它再也不疼了……你呢？我敢说你从未领略过女性面包的味道，是不是？喏，喏，别害怕呀。就算是一只停掉的钟表，最后也会走到正确的时间。来吧，我会教你怎么用四只手祈祷，只要你替我解答一些问题。”

“什么问题？”

“猜猜看，我左边的乳头叫什么名字？”

“我不知道。”

“右边这个呢？”

“我知道啦！”接着，军旗手索福洛尼耶·奥普伊奇在黑暗中低声说了些什么。

“说对啦！”佩特拉格格笑着，从墙上取下一把吉他，递给索福洛尼耶。

“我不知道怎么弹。”

“我不是让你弹。我让你往里面投一块银币，然后进来。”

索福洛尼耶决定打出他的最后一张牌。他把手按在胸口下面，呻吟起来。

“怎么了？你也有个访客吗？是不是你心脏里面的一种刺痛，就像一阵轻度的饥饿发出的呻吟？”

“不是那样的。”

“那是怎么回事？”

“我没有银币。”

“你这个吝啬鬼！”佩特拉说道，同时将墙上的镜子转过来面朝屋子，把那幅圣像翻过去面对墙壁，然后躺到索福洛尼耶的床上。她的两只乳房看上去宛似两颗小梨子。

“你也许没有银币，但你母亲有。”她嘴唇贴着嘴唇，无声地低语道。

* * *

“哔噗，哔噗，哔噗，我的漂亮宝贝，聪明点，不要相信冲着你吹的每一缕风！”

在属于忏悔神父圣马丁①的礼拜三，年轻的索福洛尼耶·奥普伊奇中尉在他们家那幢位于的里雅斯特的房子里面就是被这些话给弄醒的。

“哔噗，哔噗，哔噗，我的漂亮宝贝啊，”一个低沉的声音说，听上去仿佛发自什么人的阴道，“但愿这个烛台是属于你的那个千里挑一的烛台！你知道，狼连别人数过的绵羊都吃。哔噗，哔噗，哔噗，我的漂亮宝贝。切莫走到欢乐无存的世界那边，切莫走到暗无天日的悬崖那边，切莫从繁荣又节制的此岸走到唯有狂风与沙石的彼岸；在彼岸世界，所有事物的分量和价值全都不复存在，跟没有脑袋的帽子的价值一样。当然，对另一个世界也要小心提防！要当心噢，切莫让我这个当

① 圣马丁（316—397），出生于帕诺尼亚教区的萨瓦利亚（今属匈牙利），做过图尔主教，是乞丐、毛纺织工和裁缝、士兵、葡萄酒酿制者和旅店老板以及法兰西的守护圣人。

兵的儿子走近你们，他眉宇间带着阴郁，牙齿间含有亲吻。他会攻击你们那些连皮疹都不敢涉足的地方……哔噗，哔噗，哔噗，我的漂亮宝贝……"

一个高大的女人俯身在床前，她头发中间夹杂着一绺绺灰发，但因为灰发不如黑发长得快，那些一绺绺的灰发很明显要短一些。她看着索福洛尼耶，眼睛像蛇蛋一样色斑点点。索福洛尼耶尚未睁开眼睛，就闻到她身上散发的扁桃仁芳香，他认出了母亲大人。跟她一起俯身床前的是四五个女人，她们衣服上的佩饰窸窣作响；另外还有一个留着黑色小胡髭的秃顶年轻男子。

"起床啦，你这个懒骨头，该去教堂啦！"他母亲一边喊喊喳喳地念叨，一边把那幅圣像翻过来对着屋子。"母鸡啄什么吃？种子。什么东西啄食时间？打嗝，我的漂亮乖乖。要知道，不停啄食的东西和不停打嗝的东西，其共同点就是：赶紧！赶紧！赶紧！"

帕拉斯凯娃夫人忽地一下掀掉盖在她儿子和那女人身上的被子。见他赤身裸体，阳具挺立，她发出一声尖叫。

"我要杀了这个佩特拉！你这样子怎么能去教堂啊？"帕拉斯凯娃夫人勃然大怒，用手死劲揪着自己的头发。

圣斯皮里敦[1]教堂里挤满了人，看得出来教堂有一头是下沉的，因为南侧墙壁上的那些圣像下端和墙面之间微微分开

---

① 圣斯皮里敦（约270—384），出生于塞浦路斯，做过特里米索斯主教（Bishop of Trimythous），死后被奉为陶工们的守护圣人。1751年，的里雅斯特修建了圣斯皮里敦教堂。

了。教堂是在沼泽地上修建起来的。做礼拜的过程中，有人踩住索福洛尼耶的马刺；他回转身，看见一身黑衣的佩特拉正笑盈盈地露着嘴里的珍贵宝石。

“瞧，”她提醒他注意说，“站在圣阿里姆皮耶像[①]旁边的那位，那个把头发缠在自己脖子里的女人，她是你妹妹萨拉。她为了糊弄自己的饥饿，在舌头下面戴着枚戒指；夜里她会戴着短袜而并非手套，因为没人给她暖身子。站在你母亲旁边的那位，那个可以用一绺头发束腰的女人，是你嫂子阿尼察。你可以把一杯酒倒在她双乳中间，然后一滴不洒地喝干。挨着阿尼察的是你嫂子玛尔塔，她做爱就像她喊叫一样频繁。如果你做梦梦到她，把你的枕头翻过来，她就会梦见你。站在那边的那个秃顶，是她丈夫，你兄弟卢卡。这会儿他手里正握着一块石头，这样他就不会在教堂里迷迷糊糊地睡着了。倘若他睡着，石头会从他手里掉落，把他惊醒。你母亲说，即便是他在床上和玛尔塔做爱的时候，他也攥着那块石头……”

“现在用些浸过酒的面包吧，”帕拉斯凯娃·奥普伊奇夫人说着，在一张可以坐 **12** 人的餐桌前坐定，“这样，我们就可以看到我们的眼睛倒映在汤里了。主啊，把好运带给我家的主，我跟他们，跟那些异教徒说起你的时候，说的就是这句话。我坐马车的时候，就称赞车主和拉车的马！主啊，请对哈拉拉姆皮耶先生，请对我们家和我的主人大发慈悲吧；请在您的面包和您的血面前，洗净他的和我们的双手，主啊，因为您的手总

① 圣阿里姆皮耶，基督教的一位圣徒，生卒年月不详。

是清洁的，您不会把动词[1]掺和进去。在眷顾您自己的时候，主啊，也请眷顾我和哈拉拉姆皮耶家的所有人吧。阿门。”

大伙落座后，帕拉斯凯娃夫人揪了一块面包皮，大口吞进肚里。

“儿子，瞧瞧你的妹妹们，瞧瞧你的兄弟和他们的妻子，你的嫂子们。他们把一年当中六个月的时光消磨在6月，而12月几乎不怎么进入他们的房间。所有这一切都是拜你们的父亲哈拉拉姆皮耶所赐。只消瞧瞧玛尔塔，香喷喷的奶油水果小馅饼；瞧瞧马尔科，洒了砂糖加以烘烤的猪肉，圣路加日[2]腌制的卷心菜；喂，萨拉，来点鱼肉香菇馅酥饼；你，卢卡，最喜欢嫂子们用热酒烹制的鱼；孩子们，你们都尝尝我这些长着两三个翅膀的小鸽子……只消瞧瞧，只消尝尝这些美味佳肴！所有这些让人迫不及待、食欲大开的甜品，它们会让你浑身发热，会给你刺激，会在你的齿间跳跃，它们嚼劲十足，会让你舌底生津，会让你觉得耳朵根子被轻咬发痒，会在你嘴里四处膨胀。随后，它们的味道会改变方向，直奔鼻腔。当你把它们咽下去之后，它们仍会余味不散：给你留下一种愉悦的回味无穷的东西，如同你刚刚吻过一尊小圣像……再说你，阿尼察，为了抵挡魔鬼，往你的耳朵里塞一瓣大蒜吧，因为那些魔鬼跟你离得很近，就像他们跟我的这个讨厌的家伙——索福洛尼耶——离得很近一样；这家伙喝酒是为了消解他人的口渴，吃

① 基督教中有一种信条：上帝（主）与名词相关，而魔鬼与动词相关。
② 圣路加日，圣路加是《圣经·新约》四大福音书的作者之一（《路加福音》），他的纪念日是10月18日。

饭是为了满足他人的饥饿。你知道什么东西吃起来最香吗，索福洛尼耶？”

“不知道，母亲。”

“你父亲的房子。你美滋滋地啃家里的门柱和门把手，美滋滋地啃窗户和门前的台阶，你吐出来的东西只有钥匙。”

“我不需要父亲的房子，母亲。”

“瞧他说的！真是蜂蜜里煮过，酒壶里受教过。但现在对我们来说，需要做的是：别停下！继续往前！我敢说我知道你需要什么。你需要有个妻子。给她的手镯就在这个小荷包里。”

索福洛尼耶的哥哥马尔科动作麻利地把丝质小荷包递给他，他看到装在里面的金手镯和刻在手镯上面的铭文，铭文开头的话是：“吾乃护身符……”

“谢谢您，母亲。不过我没打算结婚。”

“那我该怎么办？难道你已经度过了青春期，而我却得为了你的青春去生病？房子你不需要，妻子你也不需要。可是我需要你的妻子，你的妹妹们需要有房子。约瓦娜连嫁妆都没有，除非把我们家的这座宅子变成她的嫁妆。不过，在我眼里你就像个小丑似的傻瓜，我自己有办法，我会让你结婚的，即使这意味着我得以泪洗面！你在教堂里看见佩特拉了，她是不会跟男基督徒或女基督徒结婚的，但是她拥有的葡萄园和拥有的船只一样多，而且有能力承受激情之火。娶了她吧。她会激发你的热情，驯服你的餐叉。这样，我们就可以拿我们宅邸的一半给约瓦娜作嫁妆，她也就能挑选一个新郎官。如果你不这么做，她就不能挑选。她会嫁给一个虽然富有却年老的家伙。

所以，你就选择吧。”

“要不就猜一下。”索福洛尼耶的嫂子玛尔塔插嘴说。

阿尼察听了她这话，放声大笑，又补充说：“猜猜这只阉鸡是在公树上烤的，还是在母树上？”

“母亲，我可不想由着你逼迫我跟一只阉鸡结婚。”索福洛尼耶说。

“听着，我的儿子，你知道我是怎么结婚的吗？有天夜里我睡着的时候，自己咬了自己的舌头。第二天夜里，我又咬到了舌头。我的舌头上已经有一处伤了啊。我很纳闷，我到底在夜里说了什么词儿，竟让自己这样连续咬到自己的舌头。我把脑子里记得的所有字眼翻了个遍，最后，我找到了它！我发现有个词儿与我舌头上的伤处很般配，就像一把刀鞘适合一把军刀。‘的里雅斯特！’我喊叫着跳上看见的第一辆马车，径直来到这里，径直来到哈拉拉姆皮耶·奥普伊奇的怀抱。在我的记忆中，这件事仿佛就发生在昨天。我在一个舞会上遇见他，想要跟他跳舞。那些姑娘们却告诉我他被关起来了。‘你们说关起来是什么意思？’我问道，她们哈哈大笑，把我领到一扇小窗前，让我偷偷看一眼。我就看了，只见哈拉拉姆皮耶与一头活着的熊被关在一间屋子里，当他用他的匕首杀死那头熊时，垂死挣扎的熊泚了他一身尿。我们无比开心，无比相爱，就在1789年当年，在深冬，我生了你，索福洛尼耶。人就是这样过来的……你尽管吃吧，我的猎鹰，尽管接着吃吧，不用担心。牙齿嚼得越利落，耳朵听得越灵敏。至于你打算干什么，别告诉我，告诉你妹妹约瓦娜吧。我已经在烤制婚礼上用的圆面包啦。它们在我手指下面跳动，就像你父亲的战鼓似的。在每只圆面包里面，两个蛋黄颤巍巍的，活像两坨小小的乳房；只要你咬上一口，它们就会香气四溢！……为你的健康干杯！”

* * *

那天晚上，索福洛尼耶独自走进他的房间，没点灯就摊开四肢躺在床上。在房间的墙上，圣像和镜子旁边挂着那个有椭圆形金框的天鹅绒窗帘油画，但是此刻，他发现那里有一对漂亮的乳房，画得极为生动，看上去简直就是真的一般。金粉在那亚麻色的头发上熠熠闪烁；而且，忠实于新近的画风，那对乳房裸露在外，只遮着一块透明的薄纱。乳头的颜色画得跟嘴唇颜色一模一样。每样东西看上去都是那么栩栩如生，索福洛尼耶不禁走上前，满腹狐疑地伸手想去摸摸那对画得极其精美的乳房。结果在半明半暗中，他的手被打了一下。

“别碰！”那幅画像说，“我是你妹妹约瓦娜，而且这也不是一幅画，这是我房间的窗子。至于你，哥哥阁下，为了你给过我的和没有给过我的东西，我得谢谢你。我把自己尘世的仆人，我的身体，留在我的灵魂里。它一直服从我。瞧瞧它是多么顺服……”

接着，约瓦娜把胳膊肘靠在窗户框上，眼泪夺眶而出。

“哥哥阁下，只要你生我的气，成年累月地指责我，如同用石头砸我，圣母马利亚就会从九霄之上的天国降临到鸟儿们在其中飞翔的神圣气流中，并且为了我而悲戚垂泪。当她不紧不慢地出发去迎接她的未婚夫和她的命运时，她的两个玻璃瓶里装着牛奶，她的圣像灯的火焰照着亮光，她的长袍底下藏着一朵黑色紫罗兰。玻璃瓶、圣像灯盏和鲜花，所有这一切全都顺从地服侍她；她的尘世的仆人，她的身体，也归她所有。就这样，恩泽与真理相遇了。可我却既不能求助于她，也不能求助于你。”

约瓦娜站在她的小窗前，更大声地呜咽抽泣。索福洛尼耶走过去，开始轻轻抚摸她，而她则摸摸他的头发说道：“你头发长长了。来，我给你剪剪。”

约瓦娜把他从窗户洞里拉进自己的房间。他在房间当中坐下；他妹妹往他膝上放了一只陶罐，从架子上取来一把刀子，在餐叉上磨了磨，然后走到他跟前，用嘴咬住刀子，开始用那把餐叉给他梳头发。梳完后，她把那个陶罐放在他头上，开始绕着圈给他修剪头发，仿佛他是一头绵羊一般。一滴水掉到他手上。

“下雨了吗？”

“对，下雨了。”

“不，没有下雨，是你在哭。你真的很爱他吗？”

“我知道，哥哥，让灵魂获得生命的不是肉体。咱们的灵魂有如咱们的脚，似乎并不是来自同样的尘世父母，它们不是来自哈拉拉姆皮耶和帕拉斯凯娃，它们来自不同的泉源，追随着各自生命中的浪波，寻觅着各自的耳朵。这就致使哥哥和妹妹彼此听不见对方，咱们的灵魂属于不同的家族，它们之间的关系也不同于咱们双手之间相互的关系。你的灵魂来自哪里呢？我们在自己的梦里创造一株鲜花，可实际上快速生长出来的却是一棵奶蓟草。我正在等候的那个人有着文雅的声音和可贵的诚实。”

“他肯定是个傲慢自负、像你一样愚昧的家伙。”索福洛尼耶生气地说，同时把陶罐从自己头上拿开，“他是谁？”

“我灵魂上的兄弟和我肉体上的丈夫。他叫帕纳·泰奈茨基，是泽蒙人①。我对他还不是十分了解。我只知道他是存在的，而且他的俊美让我睡不着觉……今天晚上他要来看我……别乱动啊，不然我会割伤你的。”

约瓦娜把陶罐重新贴住哥哥的头，继续给他修剪头发。

“他会穿过你的房间。你不会出卖我们，是不是？”她问。

“当然，我不会。”索福洛尼耶说，同时下决心只要自己一到床上就马上入睡。然而让他惊讶的是，约莫午夜时分，一个身穿奥地利军官大衣的男子穿过他的房间；不久，他就听到耳语声从那个带金框的窗口传过来。只听到一个女人的声音，那是索福洛尼耶妹妹的声音在说：“你吓到我了。一个人就算哭着也能入睡……”

“你为什么哭？”

“向我求婚的那个家伙是个老头子，可我还年轻。我怎么能嫁给他？要是我父亲在家，他会保护我，不让我母亲得逞。

① 泽蒙，在塞尔维亚贝尔格莱德南边，位于多瑙河畔，现为贝尔格莱德下辖的一个区。

他爱我。你呢？告诉我该怎么办？”

“不。”

“为什么不呢？”女人央求的声音在黑暗中追问。

“因为没有建议。每个人的路都得靠自己去走，跟虫子一样。”

“这么说，我是得不到任何帮助了。”

“谁在说帮助呢？我能给你的帮助当然有。很快而且很有效，可我不知道你会不会喜欢。”

“为什么？”

“因为这是一种没有后悔药可吃的帮助。”

“你是什么意思？”

“我不是要表达什么意思。我的帮助不是有什么意思，而是要做。”

就在这时，索福洛尼耶听见一条男人的厚皮带掉在地上，皮带搭扣发出叮当声。

“那就做点什么吧，看在上帝分上，趁还来得及！救救我！”女人细微的声音耳语着回答。

“我不敢。”

“为什么不敢？”

“你会尖叫的。”

“我会尖叫？为什么我会尖叫？如果我这张嘴是哑巴，那么你的爱情肯定是聋子。”

“俗话说：请接受我的血液和肉体，我甘愿为你牺牲我自己，让你得救。你要相信我。不过你切莫以为那样弄会痛。”

“弄什么会痛？”

“我的帮助。至少第一次……你的上衣扣子能用舌头解开吗？”

“为什么要用舌头？”

“因为只要它还扣着，我就没法帮你……”

这时候，索福洛尼耶·奥普伊奇开始悄悄穿衣服。当他穿靴子的时候，他听见了妹妹最后几句话；那是一种从未升高成尖叫的低声耳语：“救命啊！我受到攻击了！哦，先生，别对我那样做，求你了！救命！你太沉了，从我身上下去，我没法呼吸了，你干吗那么使劲挤压？……你刺痛我了。别动那儿，痒啊……你毛太多了，你在干吗呢？你的口水要让我窒息了！下去，流到我嘴里啦……你会把它咬掉的，放开！你压痛我了……救命啊，凶手！……这就是你说的血液和肉体吗？……哦，先生，别那么做……别那么做……做啊……哦，先生，快做……”

军旗手索福洛尼耶·奥普伊奇像小偷一样悄无声息地爬出自己的房间。在门厅里，一支燃着的蜡烛插在一小条面包中间，银质托盘里摆放的是复活节用的鸡蛋。他拿了一个鸡蛋，一个大得简直只有公鸡才会下的蛋。然后，他动作利落地给自己的马套上马鞍，穿着法国骑兵的阅兵礼服，上马径直去了佩特拉的家。他弄醒佩特拉，把那个鸡蛋献给她，说他是来告别的，并且问她：

“告诉我，我们奥普伊奇家族和泽蒙的泰奈茨基家族之间有什么关系？”

“你不知道啊？这两个家族的关系是在上个世纪、上一次战争中开始的，也就是在 1797 年威尼斯共和国崩溃的时候。你父亲遇到了帕霍米耶·泰奈茨基，他是此刻正在操你妹妹的帕纳·泰奈茨基的父亲。”

“他们之间是什么样的关系？”

佩特拉跟他吻别；嘴唇贴着嘴唇，边吻边对他呢喃细语：“糟得不能再糟的关系。”

索福洛尼耶骑马朝西北方向驰去。他感觉到自己有了一位访客。在他心底，一阵轻微的饥饿犹如一种燃烧不熄的欲望一样正在呻吟，或者说那是一种类似饥饿的轻微刺痛正在他的心里呜咽。

4 号牌

皇　帝

帕霍米耶·泰奈茨基所出身的泰奈茨基家族曾经在两代中诞生了两位杰出画家。他所属的这个家族知道委拉斯凯兹①掌握了黑色的二十七种色度。1785 年，他们跟随盖奥尔吉耶·泰奈茨基一起搬到了泽蒙，后者是受邀来给著名的卡拉玛特家族画肖像的。帕霍米耶·泰奈茨基，算是这个家族的旁支，因为在母亲方面有一半波兰血统。他在音乐方面的天赋或许就是由她而来。尽管他继承了泽蒙的铸钟工厂，但他更喜欢的是去布达城②学习音乐演奏。

当帕霍米耶·泰奈茨基还是一个孩子时，在死亡尚未进入他梦境的年纪，他作出一个非同寻常的决定。他吹奏黑管吹得极其漂亮，结果遽然之间，黑管带给他的愉悦一下子唤醒了他内心对生命的某种渴望，并致使他下定一个让包括他自己在内的所有人都大吃一惊的决心，那就是：长久能有多长，就要尽可能地活多久。这就像俗语所说，永恒之后又一日。他不知道该怎么去做，也没有人能告诉他这其中的秘诀；但是他感到自己有一种毋庸置疑的决心和抑制不住的欲望，要为达到这个目的而去征服一切。他想知道究竟是身体先行，还是灵魂先行。他曾经听说，“永恒”这种熟悉的用词指的是灵魂，而“一日”指的是肉体。此外，一位神父曾经告诉他，在这个如今让他心思沉重的复杂计算中，错过“永恒”比错过“一日”更加容易。

后来，当帕霍米耶·泰奈茨基长成了大人，他在维也纳学习音乐。在此期间，他发育成熟的双脚总是像燃烧着的煤炭一样火烫，以至于他的鞋子在雨中会冒烟；另外，他还有一只冰冷的手，右边那只，他常用这只手代替啤酒杯来冷却自己发烫的脸颊。他喜爱帕伊谢洛③的作品，能够把对泽蒙、佩斯④以及

---

① 委拉斯凯兹（1599—1660），17世纪西班牙最有影响力的画家。

② 布达城，匈牙利老城，位于多瑙河右岸，1873年与左岸的佩斯城合并，成为布达佩斯。

③ 乔万尼·帕伊谢洛（1740—1816），意大利喜歌剧作曲家，最著名的歌剧有《塞维利亚的理发师》。

④ 佩斯，在多瑙河左岸，1873年与多瑙河右岸的布达城合并，之后就有了“布达佩斯”之称。

他父母的记忆划分为热记忆和冷记忆。在他已经结婚成家、有了两个儿子——帕纳和马卡里耶——与一个女儿耶丽赛纳之后，一位朋友偶然抛出的一句话改变了他的人生。

“杀人最多的人，活得最长久……”

帕霍米耶·泰奈茨基立刻开始付诸实践。他再也不碰黑管、帕伊谢洛或者海顿了。现在他要训练的是打靶。诚然，他确实在音乐和军队之间有过瞬间迟疑，但是他那举世无双的灵敏手指因为曾在黑管上练过多年，突然被证明在军队里同样大有用武之地。这让帕霍米耶·泰奈茨基成为维也纳最厉害的神枪手之一。而且不仅如此，热记忆和冷记忆，冰凉的手和火热的手，都需要帕霍米耶·泰奈茨基专门练就崭新的技术。这些特质赋予他的新技术以超乎寻常的特性；尤为重要的是，一旦涉及枪械，这些特质便赋予他的技术一种不可预测性。所以，在他练习打靶的来复枪射程范围之内，人们开始害怕他，并躲着他。

“他射击时就好像他在吹奏黑管。”人们交头接耳地议论，“要想战胜他这样的对手，谈何容易。”

事实的确如此。另一场战争刚刚爆发——1797年法国在那场战争中灭掉了威尼斯共和国，帕霍米耶·泰奈茨基就剪去留了七年的胡须，像装他的黑管一样把他的来复枪装进天鹅绒衬里的匣子，报名参加了奥地利军队。他立刻被派到战场上；在参加的第一次交战中，他用一支枪证实了自己的出色本领，并且从一座地窖中解救了——或者倒不如说是俘虏了——一个黑发姑娘。从那以后，他就把这个姑娘带在身边。他对她完全不了解，甚至不知道她能否听懂他说的语言，或者她是否会读写，尽管他觉得她两样都不行。第一天他没有跟她讲话，而是掴了她耳光，因为说一句话可能不会被听见，但耳光却是永远也不会被忘记的。他们最初交流的情形就是这样，彼此没怎么说话。

这个姑娘执拗地保持着沉默，吃很少东西，却长得越来越漂亮。帕霍米耶·泰奈茨基不知道她的名字，也不知道她的宗教信仰。他不知道她是不是处女，因为他没有上过她。但是每天晚上，在一些“白蒙蒙的黄昏”时分，他都让她吮吸他的阳物。这个姑娘用她的口红把自己耳朵的内廓涂成血红色，而且做帕霍米耶·泰奈茨基要求她做的一切事情，用她的嘴和手去轻轻触摸他，却丝毫未曾显露任何陶醉或厌恶的神色。随着时间流逝，此类招魂术会变得越来越持久，越来越非同寻常。有时候，这种触摸和这些拥抱似乎让帕霍米耶·泰奈茨基回想起了什么事情，然而他从来不知道那是什么。反正，他也没时间去绞尽脑汁思考这些问题。他轻蔑地挥挥手，推想一个女人的命运总是被一个“是”所决定，而一个男人的命运则由“不”决定。

对抗法国的战争在激烈进行，帕霍米耶·泰奈茨基很快让自己出了大名。不久，在他周围形成了一个来复枪射程所及的无人之地，如同在维也纳时一样。火线两边，每个人都畏惧他。而他则随心所欲，干他想干的一切。如果他年轻时听到的那句话是对的，那么他的生命倒确实是在逐日变得愈发长久……然而这时，他的上级告诉他：

“这种活儿不适合你干。你在这儿没有对手，没人与你抗衡。你会变得心软，会失去你的本领。人们将会怎么议论呢？你自己去判断吧：‘我们从早上六点一直战斗到十点，把有些敌人赶进河里，淹死他们；有些被我们杀死在丛林里，有些被我们击毙在树丛里，有些逃走了，我们缴获了他们十面军旗和一些喇叭。’这样的工作配得上你这种人吗？胜任这些工作的有其他人。所以你得打包走人。在另一个前线，从这儿往北稍远一点的地方，你会找到一个算是你对手的家伙，即便那家伙并不如你出色。但是要注意，他属于另一边，属于法国人那边。去吧，干掉他。”

于是，帕霍米耶·泰奈茨基带着他的来复枪匣、望远镜，牵着那个姑娘的手，去了另一处前线。但是他连另外那个家伙的鬼影都没能找到。可以跟帕霍米耶·泰奈茨基匹敌的人并不存在。于是，帕霍米耶·泰奈茨基故态复萌，在战场上又随心所欲地干起来，并且每天跟那个姑娘一起过夜。有天下午发生了一件奇怪的事。他遭到一个没有武装的商人攻击，这个试图伤害他的人名叫耶雷米耶·卡洛佩罗维奇。帕霍米耶·泰奈茨基并不打算杀死这个男人；他只是弄伤了这人的手臂。尽管受了伤，这人却一直狂热地徘徊在战场附近，远远尾随着泰奈茨基。他一边哭，一边把一个有象牙装饰的黑匣挂在马鞍上，并贿赂那些士兵将它带给拉斯蒂娜小姐。

“这个名叫拉斯蒂娜的女人是谁？”颇感诧异的泰奈茨基问他的部下。

“你说她是谁是啥意思？她就是现在跟着你，选择活下去的那个女人，上尉。她是那个从卡尔洛夫奇[1]来的所谓商人，卡洛佩罗维奇先生的未婚妻。”

帕霍米耶·泰奈茨基纵声大笑，然后离开，去跟拉斯蒂娜又过了一夜。就是在那天夜里，他发现拉斯蒂娜可能长着完美的 *embouchure*[2]，这是维也纳学校里的乐师们给那些能含紧管乐器吹奏口的嘴巴起的名字。他竭力对此留心注意。拉斯蒂娜依然执拗地保持着缄默，但是他们又一次被那场肮脏而短暂的战争打断了。他的老部队召唤他回去。法军那边的那个家伙已经出现在他们的战场防区。显而易见，那家伙正在寻找泰奈茨基。于是泰奈茨基返回他的老部队，而拉斯蒂娜终于开口了。

“咱们一直在找的家伙究竟是什么人啊？”她问道。

“好，好，小鸽子开始咕咕叫啦，”泰奈茨基回答说，“而且正好是在她应该咕咕叫的时候咕咕了。你想晓得那个家伙的情况？那个想要我脑袋的家伙？很好，那就仔细听着。

“咱们一直在找的那个家伙名叫哈拉拉姆皮耶·奥普伊奇。奥普伊奇家族非常富有，他们是的里雅斯特的商人，而且是塞尔维亚人。这个奥普伊奇是一名上尉，他拥有法国军队这一侧翼最好的战马，他总是把他的银器装在身后的一个皮革行囊里，总是顺手把他装在同一个护套里的小刀子和餐叉塞到皮

---

① 卡尔洛夫奇，即斯雷姆的卡尔洛夫奇，是塞尔维亚距离贝尔格莱德不远的一个城镇，位于多瑙河边上；这里还是塞尔维亚东正教宗主教区所在地，建有哈布斯堡王朝正教大教堂和东正教神学院。

② 法语，意为：喇叭嘴，系乐器术语，指管乐器的吹奏口。

带下面。他赞助他个人的巡回演出剧团，一个演出他的人生情景的剧团，尤为荒唐的是，尽管他还活着，那个剧团却表演他的死亡。他以被女人垂青爱慕而闻名。但是他喜欢温柔的荡妇，他手指上总是散发着某个女人的气息，而且他轻易不会感到厌腻。做母亲的爱他胜过爱她们的丈夫，做妻子的爱他胜过爱她们的儿子，做女儿的爱他胜过爱她们的兄弟，胜过她们会再爱的任何一个人。他精力充沛，反应敏捷。他能像一头熊似的用爪子把鱼从水里拍出来。他在胸前画十字时快得犹如抓苍蝇，他从女人的乳汁中汲取力量和健康。她们给他雇用奶妈，仿佛他是个孩子；那些在晚上给他当垫子保护他耳朵的女人，会用她们的乳汁给他做奶酪。到了早上，她们当中会有一个把乳汁全部挤到一把刷子上，他随后会用那把刷子刷干净他的牙齿。他做过爱之后，总会先抽上一袋烟，然后才起床。在他出征的时候，他从来不会带着他的情妇，但是其中某一个总会在多瑙河沿岸的某个地方等候他。现在，哈拉拉姆皮耶·奥普伊奇，我们追寻的那个家伙，就躲在我们对面那座塔里的黑暗中，头倚着拳头，思索问题。他的思索能使血液凝固，或者至少能捕捉到某个正在远处黑暗中沉睡的家伙呼吸的声音。但那不会是我的声音。我是不怕的。我知道在飞行过程中乌鸦什么时候会变成灰色。

“不过，奥普伊奇上尉本人就像是用硬石头做成的。从莱茵河到涅瓦河，从瓦格拉姆到多瑙河，他碰到过许多让他称心如意、用女人毛发编织的小鸟巢，在好几次战斗中发挥过作用，先是在奥地利军队，现在是在法国军队里。

“至于说他的那些死亡故事，我倒是在剧院和集市上观看过表演，对每个故事都了如指掌。奥普伊奇上尉是很难靠近的。比如说，他喝十四种药草泡制的白兰地，却从未醉过。如果酒精对他稍微起了一些作用，他会弄一只洋葱，握在手里挤压，直至洋葱汁液流出来，然后闻那汁液。这个办法可以快速消解酒精引起的不适，让他脑瓜清醒。他明白，在民族之间不存在爱，只有恨。他喜欢说，胜利有很多父亲，而失败永远只是孤儿；不过，他也会想，尽管从未说过，失败和胜利两者永远拥有同一个母亲。他知道，跟其他人一样，我极为厌恶自己的生活。但最重要的是，他是一名本领出众的战士。在迄今为止的战斗中，已经有九匹马倒毙在他的胯下。用他的来复枪，他能在鲤鱼跃出水面的时刻将它射杀。他的自己人和他的敌人都怵他。我听说有个法军少校冒犯了他，大概是想取笑他或是要干什么。奥普伊奇什么话都没说，将侮辱咽下；他甚至陪着那个少校去了后者在多瑙河边的乌尔姆城里征用的住所。那天晚上那个法国人睡得很香，但是清晨到来时，那座房子和宅院全都不见了。奥普伊奇的人在夜里把罩着少校活生生身体的整个房子给偷走了。哪怕是一块砖也没能找回来。孤零零地留在那片荒地上的只有少校那张带华盖的卧床，躺在床上的则是一个老妇人，床底下有一摞纸牌。但是丝毫不见少校本人的踪迹。

“传闻还说，奥普伊奇上尉正在变成聋子。变聋的方式也很离奇。他的儿子索福洛尼耶·奥普伊奇对地底下的声音听得越是清楚，这个当父亲的对地面上的声音就听得越是模糊。而且据传闻说，前者正在成长发育过程中，听力变得越来越好。因此，奥普伊奇上尉经常说：‘无论什么事，只要人们确实听说了，那它至少已经被说过两次。’

“所以，这就是那个皇帝，他正藏在对面那座塔里，借着夜幕和星光守候并监视我，就跟我守候并监视着他一样。”

5 号牌

主祭司

帕霍米耶·泰奈茨基上尉和拉斯蒂娜独自躲在战场上的那座塔楼里。战争期间，泰奈茨基一直是独来独往。塔楼房间的一面墙上有幅油画，画的是暴风雨中的一条船；入睡前，拉斯蒂娜盯着画面上月光照耀的大海，担心那些海水会让她尿床，就像她小时候常常发生的那样。另一面墙上挂着的油画描绘的是一个女人被马人怪物劫持的场面：怪物将一个女人抛到背上，一边疾行，一边扭头吮吸她的乳房，吃她喂的奶汁。根据油画下方的题字，这个怪物是埃琉西斯的一位主祭司，骑在他背上的女人代表着世界。这位主祭司从这个女人的一只乳房吮吸悲悯，从另一只吮吸严苛；他从一只乳房吸到律法，从另一只吸到顺服或顺服的自由。对拉斯蒂娜来说，这位掌握着神圣奥秘的大师，这位把自己变化成主祭司的皇帝，这个马人怪物，似乎正潜伏在外面的黑暗中，等待着可以向泰奈茨基展示他那神圣而刺激的东西，并且吮吸拉斯蒂娜的乳汁的时刻到来。

不管怎样，两位举世无双的神枪手终于彼此遭遇了。他们在两座相互对峙的塔楼里占据着有利位置，中间相隔来复枪射程八分之一的距离。两个人都以为这将是他们互相消耗几个礼拜的开始，然而仅仅用了一天就分出了胜负。

白蒙蒙的夜幕降临了。泰奈茨基躲在那座塔的阁楼里，一边像注视一艘上下颠倒的船似的注视着头上的楼顶，倾听并留意着下面塔楼里的动静，一边在逐渐变成吸血鬼的各种臭味中饮着酒。后来他走下阁楼。他能在自己身上感受到拉斯蒂娜，感受到她的手指和嘴唇。他觉得，在她那变化无穷的抚摸中延续着某种不朽的东西，恰如“永恒”一般。接着，他骤然停止感受她的抚摩，开始去谛听。他第一次从身体内部听到拉斯蒂娜的嘴唇和手指，听到它们游遍他的全身。于是他终于明白了。自始至终在所有战斗的过程中，在威尼斯陷落的过程中，在战场的变换交替中，拉斯蒂娜不是在黑管上，而是一直在他心里、在奥地利军队上尉帕霍米耶·泰奈茨基的心里演奏着弗朗茨·约瑟夫·海顿的作品。此时此刻，她正在演奏海顿的作品“*Divertimento —Corale di Sant' Antonio per lauto, oboe, clarinetto*, *fagotto e corno*”[1]中“有精神的快板”，她的嘴唇和手指完美无瑕地掌握着海顿的乐曲。帕霍米耶·泰奈茨基断定，这个姑娘的黑管演奏技艺让他泰奈茨基的技艺，还有帕伊谢洛的技艺，无不相形见绌。他惊异地瞧着俯在他身上的这个姑娘；正当她要过渡到“小步舞曲”时，他的高潮来了。然而这时候，那场肮脏而短暂的战争再次打扰了他们。泰奈茨基嗅到了烟的气味，他一边咒骂，一边暗自思忖：从来就没有足够的时间到达永恒啊！他跑到窗口。啊，深更半夜，他可以清清楚楚地看到滚滚浓烟正从毗邻的那座塔里冒出来，奥普伊奇上尉就把自己关在那里。泰奈茨基不敢相信自己的眼睛。奥普伊奇藏身的塔着火了。此刻他得赶紧想想。那座塔若是真的烧了起来，对面那个家伙肯定不是被一起烧死，就是从泰奈茨基用来复枪正好瞄着的塔楼出口蹿出来。

很快，那座塔楼上面一层的地板也冒出了火焰。令人难以置信的事情正在发生。泰奈茨基抓起他的望远镜，开始从塔楼上警惕地观察着对面的出口，同时为了观察，他从自己藏身的屏风后面往外稍微挪了挪。瞬时间，他的望远镜的目镜和他脑袋上的眼睛被奥普伊奇上尉一枪洞穿，紧接着奥普伊奇上尉从他本人点燃的烈火中一跃而出。

*　　*　　*

---

① 拉丁语，意为：《嬉游曲——为长笛、双簧管、黑管、大管和圆号而作的圣安东尼大合唱》。

被射中的泰奈茨基躺倒在地的那座塔楼，很快闯入一个男子。此人手握一杆来复枪，身穿华美的法军骑兵制服，雄壮得绝对能搬得动教堂里的大钟。他冲到已死的泰奈茨基身旁，踢开泰奈茨基的来复枪，并且感到一种无法抑制的、要往这个被撂倒的敌人全身上下撒泡尿的冲动。可当他看见那个惊恐万分、瑟缩在塔楼角落里的姑娘，便立刻放弃了这个念头；他将那个姑娘拥入怀里，开始温柔地安慰她。他像做祷告一般轻声念叨："主啊，这究竟是怎么一回事？哦，主啊，为什么往火上倒白兰地？为什么走在我们前面而非后面的不是一位神？你蒙骗了我，但是没有用计谋战胜我。哦，主啊，为什么往我们广阔的大海里撒盐，浪费那么多的盐和水？你要把我们引向何方？"

随后，他轻轻抚摩着拉斯蒂娜的头发，对她说："来吧，我的孩子，不要害怕，你哥哥和未婚夫正在塔楼下面等着你呢。忧愁让他们头发都灰白了。"

他们从塔里出来，走进夜幕中，此时两个幻影真的正在等候他们。那是拉斯蒂娜的哥哥和她的未婚夫耶雷米耶·卡洛佩罗维奇。她哥哥端着一支来复枪，耶雷米耶·卡洛佩罗维奇抱着一个象牙包壳的黑匣子，里面装着拉斯蒂娜的黑管。但是，拉斯蒂娜甚至没有朝他们那边瞥一眼。她一句话没说，从未婚夫手里拿过黑匣子，跟在奥普伊奇上尉后面走入黑暗之中。后者愕然地回转身，说："你要去哪儿，我的孩子？我胡子的岁数都比你大。要小心啊。"

"我想给你生个孩子。你给了我生命，我要把它还给你。一命还一命。"

她拒绝跟他分开。到了第一家旅店，在世界肚脐眼酒馆吃晚餐时，奥普伊奇上尉忌食小扁豆和白兰地。他一直没有变得随和起来。有个女乞丐走进酒馆，头上戴着一顶男式帽子，嘴里喊着："如果哪个女人从未欺骗过自己的男人，就来把这顶帽子填满吧！不过只能由她们来填！其他人谁也不要挥自己的胳膊，伸手够这顶帽子……"

拉斯蒂娜从她的衬衫上扯下一枚银纽扣，丢进那顶帽子里。奥普伊奇上尉哈哈大笑，随即带着她上床去了。当他们离开酒馆时，他嘟哝着说："知道吗，泰奈茨基误算了。他以为而且也相信他杀死的人越多，他就会活得越长久。但是，老实说，这很荒谬。关键还不在于这一点：你根本不知道究竟是谁杀死了谁——胜利者杀死了被击败者，还是被击败者杀死了胜利者。泰奈茨基如今正躺在那座塔里面，小鸟们已经开始往他身上落了，就好像他是一根树枝；而且他不知道，被杀死的人或许是我，而不是他……"

看到奥普伊奇上尉像他那匹两岁大的牝马一样容易激动，拉斯蒂娜不仅给了他雨点般的亲吻，还想对着他的耳朵咕哝几句话，但他却用手捂住她的嘴巴。

"别担心，我的宝贝儿，我知道在我之前你有过别的男人。没关系。我照样会采掉你这朵鲜花。"

于是，他用他那盲人权杖对着拉斯蒂娜的阴部一顿乱戳，结果竟把她肚子下面的唇瓣给捅开了。拉斯蒂娜嘤嘤而泣，对他呢喃着说："你必须得再弄一回。"

奥普伊奇上尉再次爬到拉斯蒂娜身上时，惊异地发现她原来是个处女。

6 号牌

恋　人

因为奥普伊奇上尉不能总在战斗中把她带在身边，1797 年拉斯蒂娜·布伦斯维科离开战场，回到了斯雷姆的卡尔洛夫奇。当时，她立刻去找了她从前的未婚夫，耶雷米耶·卡洛佩罗维奇。耶雷米耶手上有一道疤痕，那是已经死去的帕霍米耶·泰奈茨基给他留下的枪伤；另外他的胡子上长着星星点点的小灰斑。

“如果您想要一个曾三次失贞的女人，这女人鄙视你还给你怀了别人的孩子，那就娶了我吧。”她对耶雷米耶先生说。

耶雷米耶·卡洛佩罗维奇在心里琢磨：一个人自己的痛苦只不过是其他某个人的痛苦的回声；于是，他就娶了她。

就这样，拉斯蒂娜·布伦斯维科在卡尔洛夫奇结了婚，搬进坐落在糖果巷的卡洛佩罗维奇家宽敞的房子。她先是生了个儿子，名叫阿尔瑟尼耶，然后又生了个女儿，名叫杜尼娅。

拉斯蒂娜的丈夫从未流露任何不耐烦的情绪，但他说话时，句子会奇怪地提早蹦出来，因为他总想同时说出两件事。他告诉孩子们，海水里有鱼，那些鱼只能受得了水中含有一定量的盐分。如果水中的盐分含量超出了鱼的承受力，它们就会晕头转向。我们人的情况也是如此。因为人的幸福就像盐。幸福太多会让我们晕头转向。

卡洛佩罗维奇老爷给拉斯蒂娜和杜尼娅买了鱼鳞帽，订购了《塞尔维亚语帝都维也纳报》。杜尼娅长成一个单薄、贪吃的小姑娘。但凡见到每一个孔洞，她会把她能抓到的任何东西胡乱塞进去——旋转陀螺、蚂蚱、纽扣、活鱼、发卡、豆子、蜗牛和球、胡萝卜、鸡蛋、豌豆荚、科隆香水瓶子、黄瓜和弹珠、威尼斯年鉴和铅笔、门把手和音乐闹钟，最后还有在她嘴里爆开了的鱼鳔……

卡洛佩罗维奇老爷把男孩送进学校。

“让他成为西塞罗那样的人物吧。”

于是，年轻的阿尔瑟尼耶·卡洛佩罗维奇进了卡尔洛夫奇的塞尔维亚-拉丁语学校，并在上学第一天就把一位格外与众不同的人物带回了家。这人物可爱得像只小猫，满腹经纶地记着很多拉丁文语录，俊美得像个洋娃娃。这个男性洋娃娃名叫阿夫科森迪耶·帕皮拉；他是阿尔瑟尼耶的同学，跟一位被降职的将军是远亲。作为一个没有任何财产的孤儿，帕皮拉穿上朋友们的旧衣服比他们穿新衣服都显得更漂亮。他太阳穴上有块小小的伤疤胎记，赋予他一种神秘莫测的神气。

“他长着淤青脑袋。”他的朋友们常常拿他开玩笑，但他们喜欢他。他是所有猫咪、所有神父的太太们和卡尔洛夫奇的所有学生们最喜欢的人。因为这个或别的原因，无论帕皮拉走到哪里，他都会成为一些难以置信、通常很恐怖的故事中的人物。奇就奇在他本人从没听说过这些故事，即便有人告诉了他其中某个故事，他也总是显得格外惊诧。只是在偶然的情况下，他会感到自己的人生道路仿佛一条虫子似的蜷曲在他的前方。

这些男孩子们的学业已经进展到学习修辞学课程。帕皮拉在卡洛佩罗维奇宽敞的家里度过他的大部分时间，而不是在他自己那个惨兮兮的住所里。一天晚上，他动手为自己和阿尔瑟尼耶誊写一部用作课本的手稿，那是他向另一个学生借来的。他用他那漂亮的书法抄写着，在嘴巴和墨水瓶里轮番蘸着笔头，并且大声念着：

Praecepta artis oratoriae in tres partes digesta et Juventuti Illyrico-Rasciane tradia ac explicata in Collegio Slavono-Latino Carlovicensi，*Anno Domini* ...①

① 拉丁语，大意为：在封建领主年代，为卡尔洛夫奇的斯拉夫-拉丁语学校的伊利里亚-拉西耶尼青年编写的分三个部分、翻译并详细说明的演说术规则。

忽然，一面小镜子伸到他眼前。拉斯蒂娜夫人格格直笑，同时指指墨水瓶，然后用她洒过香水的衣袖擦了擦他的嘴唇。

“你愿意教我和杜尼娅拉丁语吗？对我们来说，时间像这样过太缓慢了。”

“我愿意，”帕皮拉说，“只要您肯带我去蒂米什瓦拉①的戏院看戏，而且耶雷米耶老爷也乐意为我订购一本书。”

“你喜欢哪本书？”

“关于埃腊第哀的那本书，此人把灵魂出卖给了魔鬼，书的作者是威肯蒂耶·拉吉奇②；还有一本德文书，写的是浮士德博士③。这两本书都是在**1808**年出版的。”

就这样，卡洛佩罗维奇的府上开始了拉丁文授课；上课的情景，从沿多瑙河驶过的船上可以看得清清楚楚。阿夫科森迪耶·帕皮拉先是在阳台上给杜尼娅小姐上课，然后他们会跟阿尔瑟尼耶一起挪进会客室；阿尔瑟尼耶的母亲偶尔喜欢蘸着她的口水给他捋捋头发。正是在会客室里，拉丁语开始在拉斯蒂娜夫人身上发挥了它的魔力。也正是在这儿，塞满野生蜗牛的油炸馅饼被送上餐桌，一起呈上的还有一种盛在彩瓷盘子里、用各种佐料烹制的派。彩瓷盘子底部有个小沟槽组成的网络，如同动脉血管一般汇聚到一个心形的圆孔里。这个心形圆孔将油滴聚集在一起，如此便能避免油炸馅饼在它们滋出的油脂

① 蒂米什瓦拉（Timisoara），罗马尼亚西部一城市，位于巴纳特平原西南部。

② 威肯蒂耶·拉吉奇（Vincent Rakitch），情况不详。

③ 德国大文豪歌德的《浮士德悲剧第一部》完成于1808年。

中游动。跟这种派搭配的饮品是掺了蜂蜜的荨麻茶，这是帕皮拉少爷的最爱；在这个过程中，帕皮拉或者教拉斯蒂娜夫人学习修辞，或者朗诵《伊利亚特》中的片段，咕噜咕噜的喉音犹如一只猫：

> 在海的后面，距离特洛伊不远，有一片水域，那儿的水既苦涩又不能饮用。焦渴的动物聚集于那片水域，却不能饮用那里的水，直到独角兽到来。他的角具有药物的功能，当他低头喝水时，他的角将水搅动，让水变得浑浊却甘甜可饮。这时，另外那些焦渴的动物就会在他旁边喝水。一旦他解渴之后，从水里抬起他的角，那片水就会变得像从前一样苦涩。但是当他用角搅动水的时候，他的眼睛会让那片水变得更加清澈，而且就像摊开在一个人的手掌心里一般，在那清澈中可以看到未来的……

*　　　*　　　*

有一天晚上，阿尔瑟尼耶没来上课，正当阿夫科森迪耶·帕皮拉准备讲解新的课文——“*De Tropis Dictionis*”[①]——他的学生兼保护人拉斯蒂娜夫人说道：“我要告诉你一件事，我的美人儿。阿瓦库莫维奇太太向我透露了一个值得一听的秘密。现在听好了。大约十六年前，有个孩子即将降生在一个声

---

① 比喻修辞格。

名显赫的人家。千真万确的是，那位母亲梦见她将生下一个儿子，而那位父亲则梦到他会有一个女儿，但是两个人都没梦到过那个孩子将会有另一个父亲。所以呢，那个期待中的孩子就变成了一个没人要的孩子。那位母亲必须在丈夫萌生怀疑前把胎儿拿掉。她召来的女巫告诉她，把胚胎转移给另外一个人、甚或是另一个物件身上，将是最佳的处理办法。故事里没讲这件事是如何做到的，但绝对肯定的是，胚胎被转移到一把带耳朵的柔软天鹅绒扶手椅里。胚胎在那把扶手椅里面继续发育成长；有一天，那位丈夫靠在那把扶手椅上舒展身体时，听见嘎吱嘎吱的声响……”

这时，年轻的帕皮拉突然打断太太的故事，显得极度心神不定，并继续讲他的课，仿佛太太什么都没讲过：“比喻包括隐喻、提喻、借代、转喻、换喻、拟声、夸张和取代。*Allegoria nihil alius est quam continua Metaphora* ...[①]”

帕皮拉正讲着，拉斯蒂娜夫人一边用她的扇子挡住他的嘴唇，用她那银色的眼睛盯住他，一边平静地继续讲道：“不管它使用的是隐喻法还是讽喻法，反正都是一回事，故事中那个女人有一天惊恐万分地把丈夫喊过去听——在那把扶手椅的靠背里面能听见有个心脏跳动的……”

“*Dic quibus interris et eris mihi magnus Apollo* ...[②]”

“一两个月后，一个胎儿蜷缩在椅套底下的轮廓显得非常

① 拉丁语，意为：讽喻只是一种延伸的隐喻……
② 拉丁语，意为：请告诉我你不惧怕谁，你将是我伟大的阿波罗……

清楚了；而且，当一个人坐在椅子上向后靠时，靠背里面的那个婴儿就会偎依上来，寻找温暖和那个人的心跳。不久，只要轻轻地掀起椅子套，就能看见那个婴儿是个男孩……”

“*Crudelis Mater magis, an puer imquebus ille*

*Improbus ille puer, crudelis tu quaque Mater ...*①”

念着这几个句子，灵魂里怀着恐惧，几乎快要发狂的阿夫科森迪耶竭力坚持他那徒劳的授课，可是遽然间拉斯蒂娜夫人结束了她的故事：

“最后，那把椅子的靠背被劈开了，在里面他们发现了你——阿夫科森迪耶·帕皮拉！”

此话一出，阿夫科森迪耶·帕皮拉顿时从头到脚哆嗦起来，尖叫着，一头扎进拉斯蒂娜夫人怀里；后者为了不让他害怕，将他紧紧搂在胸前，并把他从故事里讲的那把扶手椅中抱起来，直接去了她的床上。

*　　*　　*

1813年的这段日子，在卡尔洛夫奇，月光穿上了绿色的衬里，一阵风吹走的不是帽子，而是名字，而且还降下一种油腻腻的、营养丰富的雨。

“瞧瞧她们——”拉斯蒂娜夫人指指那些在风中走过的女

---

① 拉丁语，出自维吉尔的《牧歌》第三卷《田园诗》之八，意为：对你来说这位母亲很凶残/但母亲的残忍是否超过造化小儿的狡猾……（参见杨宪益译《牧歌》）。

士，一边东拉西扯，一边从她那犹如一架浮动的玻璃轿子似的窗户向外张望。“瞧瞧她们，每个人都把自己的名字抱在两乳之间。第一个将手滑到那地方的男人将会取走她们的名字。不过，首先要提防那些长相漂亮的女人。”在那些日子里，因为青春忽然再度焕发而欣喜不已的卡洛佩罗维奇夫人对她儿子和她的情人说：“要提防那些上嘴唇绿、下嘴唇紫的女人。提防那些小鸟往她们的耳环上飞落的女人。她们会亲自用手捧着水给你们喝，那种水在夜里泡过鼠尾草，那种水会使人忘掉自己的母亲。”

她说话的时候，她儿子阿莱克萨[①]注视着她——他的母亲，再也认不出她；而她则盯着帕皮拉，仿佛他是一位天使。

在那些星期里，拉斯蒂娜夫人曾经青睐的蘑菇汤一到她嘴里就会味道全变；肉桂皮染上了咖啡的味道，卡洛佩罗维奇夫人的容貌也变了；她已经听见她的木马抵达黑夜之滨，黑暗登上名誉之岸。

“你能到我的梦里来一回吗？”她问她的恋人，“我好像从来不能做到这一点，好让我在梦里也能操你，帕皮拉。而且我再也梦不到阿尔瑟尼耶了。”

在随后的某一天早上，她对他说：“昨天晚上在我的梦里你把日光从我身上吓走了。你带着一盏灯爬进来。我要你到我梦里来爱抚我，可是你却想杀死我。而且还带着一把轻骑兵用的马刀。”

---

① 阿尔瑟尼耶的昵称。

为了让她平静，小帕皮拉向她献上他的微笑——卡尔洛夫奇的太太们私下议论，说他的微笑“抵得上一匹让人骑的马”；他还献给她一个蓝色的枕头，枕头四个耳朵上各挂着一只铃铛；这样，她甚至在睡着时也能记住他。在那只枕头上，用金色丝线绣着下面的拉丁文字：

> 拉斯蒂娜夫人躺下时，这些铃铛会叮当作响，梦会从里面掉出来。拉斯蒂娜夫人起床时，那些梦会回到铃铛里，拉斯蒂娜夫人的猫咪会爬上床。它会对着小铃铛发出咕噜声，并用爪子去挠铃铛。拉斯蒂娜夫人的某个梦从铃铛里掉出来时，这只猫咪会张大嘴巴，将梦吞下。但这个食物太强大了，不愿让猫咪吞下。结果这只猫咪对它吞下的东西害怕起来，并在几天时间里停止发出咕噜声，同时去寻找真正的牛膝草，它用这种草防备蛇咬。借助这种药草的帮助，它也就从拉斯蒂娜夫人的梦中恢复过来了。

枕头另一面绣着：“这只猫咪的名字是阿夫科森迪耶·帕皮拉。”

拉斯蒂娜夫人自豪地把这只枕头搬到她的窗口，用她那银色的眼睛满怀敬慕地凝视帕皮拉。因为爱着帕皮拉，她重新学会在头戴花冠、花冠上插着一支燃着的蜡烛的情况下如何行走；而且，经过了漫长的岁月，她又从那个镶嵌着珍珠、包裹着天鹅绒的黑匣子里取出她的黑管。一天下午，她的面颊微微泛着红晕，为她儿子和她的恋人演奏海顿的

“*Divertimento — Corale di Sant’ Antonio per lauto, oboe, clarinetto, fagotto e corno*”。正当她演奏到“小步舞曲”时，她女儿上嘴唇涂成绿色、下嘴唇涂成黄色，走进房间。

拉斯蒂娜夫人窒息得连话都说不出来，停止了演奏。同一天傍晚，她悄悄把一块山羊皮扔到女儿床上。第二天，她检查她的恋人，结果在阿夫科森迪耶·帕皮拉后背上发现粗糙山羊毛磨出的印痕。恐惧把她给逼疯了；当天夜里，她一直等着看女儿洗澡。拉斯蒂娜夫人透过帘子望着女儿，有一瞬间陷入沉思：男人怎会从不知道女人洗自己的身体时有何感受，而女人也从不知道男人撒完尿抖动自己身体时是何感觉……恰在那个时候，她注意到杜尼娅膝盖上有山羊毛擦出的一道道红色印痕。于是，她获悉了比她原来想知道的更多的秘密。

她在无法克制的愤怒中熬了一整夜，在房间里踱来踱去走过的距离简直能让她走到斯兰卡蒙①了。早上，她叫来儿子阿尔瑟尼耶，拥抱他并说出了一切。他二人相拥而泣；随后，阿尔瑟尼耶猛地起身离开，走进帕皮拉正给他妹妹教授拉丁文课的房间，用手枪瞄准他们，把他们两个赶出了家门。

① 塞尔维亚西北部斯雷姆地区的一个村镇。

7号牌

战　车

有一阵儿，听不到关于杜尼娅和阿夫科森迪耶·帕皮拉的任何消息，除了老卡洛佩罗维奇先生背着他妻子悄悄资助他们。然而不久以后，众多与阿夫科森迪耶·帕皮拉相关的骇人故事中有一个再次传到了拉斯蒂娜夫人耳中。

这对恋人从卡洛佩罗维奇家里被驱逐以后，帕皮拉又继续帮助卡尔洛夫奇上城大教堂的执事做了一段时间出生和死亡登记工作。给刚出生的婴儿注册时，帕皮拉会在出生栏旁边的死亡栏里填上这些尚未受洗的孩子将来死亡的确切年月日；但是有一次他正在这么做的时候，被逮了个正着。尽管阿夫科森迪耶·帕皮拉的不道德行为一经发现，那些死亡栏目就立即被擦掉了，但那些受惊的父母却无法忘记通过帕皮拉的手所登录的那些日期，那些年份离得十分遥远，属于19世纪下半叶的日期。

事情并未到此结束。在有个小孩因为麻疹死去后，人们把卡尔洛夫奇上城大教堂的登记簿上的死亡日期与实际日期一比对，发现帕皮拉早已准确无误地登记过这个年份和日期，不需要再填写任何新的内容。于是，一些父母坚持要看看那些登记簿，要通过那些被划掉的登记栏核查一下他们孩子的命运。最后，一项现场调查展开了。治安官把帕皮拉——他已经不许进学校了——带到现场，让他指出他在出生和死亡登记簿上都做过什么事。当那些登记簿在他面前打开时，帕皮拉一眼发现登记着他自己的出生日期的地方，他从教堂执事手里抓过笔，在嘴里蘸了蘸，写下自己的死亡日期。

杜尼娅和帕皮拉受舆论谴责不得不离开卡尔洛夫奇，随即动身去周游世界。帕皮拉报名参加了奥地利军队，他出发与法国人打仗前，杜尼娅去为他送行。在路上，她满怀恐惧地想着帕皮拉在卡尔洛夫奇上城大教堂的出生与死亡登记簿上、挨着他的名字写下的那个日期，那个当即从登记簿上擦掉、而帕皮拉绝不会向任何人披露的日期。她每次向帕皮拉问及那个日期时，帕皮拉总是回答说："你用一块石头砸死一条鱼，就像用一个雪球击落天空中的一只鸟，然后你要做个汤，却发现鱼肚上有那条鱼的名字。那名字可不是为了给人吃的，更不是为了公之于众。”

不过，帕皮拉本人当然知道那个日期。他的死亡日期是在那个世纪的下半叶，保证他会活得很长寿。

让人震惊的故事甚至在战场上也追随着阿夫科森迪耶·帕皮拉，其中有一则故事是这么说的，阿夫科森迪耶·帕皮拉跟他的上司帕纳·泰奈茨基上尉——即闻名遐迩的帕霍米耶·泰奈茨基的儿子，一起去看由一个巡回剧团上演的一出戏。演员们正在表演《奥普伊奇上尉的三死》。看完演出，帕皮拉心里暗想：唔，这个奥普伊奇上尉与我们正在追击的法军中的那个奥普伊奇上尉是同一个人呀。正是这同一个人在上次战争中干掉了我那帕纳·泰奈茨基上尉的父亲。帕纳·泰奈茨基上尉正在装聋作哑。也许他是在考验我。

后来，他幡然醒悟了。奥普伊奇上尉的第三次、亦即最后一次死亡，尚未发生！换句话说，这个上尉还可以被杀死。他只有三条命，如果有人夺走他的第三条命，就像夺走一只猫的第九条命，那么必将终结他在战场上的主导地位。阿夫科森迪耶设法搞到一盏提灯，下决心要在下一次战斗中找到奥普伊奇上尉。

“我要卸下他的马镫。”帕皮拉说，他已经在战场上展示过他的威力。他扮演“野兔”的角色；他会率先投入战斗，其他人跟在后面；之后，他会撤到后方，等待下一次机会。如今他就在等一个机会。这个机会在一个镇上降临了。少尉帕皮拉所属的奥地利部队驻扎在一个不大的石头广场，那里阒寂得犹如一座房间。广场正当中矗立着一座楼房，人们告诉他，那是一所大学。帕皮拉惊讶地发现，那座楼房的每一面墙在齐人腰高的地方都被随意撒了很多小便。尿渍已然干结很久，但毋庸置疑，曾有很多人参与了这种行动。那些大学生显然曾冲着他们的大学撒过尿。在一面墙上，有人曾拿燃烧着的煤块、用巨大的粗犷字体写下：

ICH HATTE SCHLECHTE LEHRER
DAS WAR EINE GUTE SCHULE ①

在这些题词的后面，这所大学建筑的里面，正是他们一直在追击的法军部队。

当天夜里，在广场旁边的一条街上，正检查岗哨的奥普伊奇上尉和因为愚蠢地显摆勇气而走出营地、并出现在他前面的帕皮拉少尉不期而遇。霎时之间，两个人都置身于无人地带，手里都拎着提灯、握着马刀。帕皮拉不喜欢军事上的算计。他依靠的是那场戏剧表演，在戏里，此刻的情形正好是奥普伊奇上尉第三次死亡的开始。帕皮拉将他的军刀插在地上，把提灯挂在刀把上面，然后握着他的匕首隐入黑暗中。奥普伊奇上尉在街的另一头也采取了一模一样的行动，就是说上尉同样把他的马刀插到地上并把他的提灯挂在上面，帕皮拉如此猜测。这位年轻人期望奥普伊奇也退到了黑暗中，在那里，他帕皮拉将会用预备好的匕首等着对方。有一会儿，帕皮拉甚至向身后的

① 德语，意为：我有个臭老师，这是所好学校。

某处动静回转身，用匕首在空中猛砍了几下，但是根本没有人。一只黑蝴蝶形如挂在指环上的两枚钥匙，用它的翅翼轻轻擦过他的脸颊。总之，帕皮拉在黑暗中连个鬼影都没发现。他四下搜寻，却怎么都找不到奥普伊奇上尉。帕皮拉少尉已经开始以为，这肯定是有人在跟他开玩笑。在黑暗和泥泞中徒劳无功的搜索令他愤怒并湿透全身，他径直朝着对手的提灯和马刀走去，准备拿它们作为战利品。然而就在那战利品伸手可及的时候，根本没离开自己的马刀和提灯的奥普伊奇上尉扑灭灯火，并在随即出现的黑暗中用他的马刀猛劈帕皮拉少尉，用力之猛竟让少尉的舌头从脸侧飞了出去。奥普伊奇上尉继续查哨，留下阿夫科森迪耶·帕皮拉躺在街上的泥泞中，永远不再年轻。因为死人从来都不年轻。

*　　　*　　　*

阿夫科森迪耶·帕皮拉死亡的消息从水上传到了斯雷姆的卡尔洛夫奇。头一个听到消息的是耶雷米耶·卡洛佩罗维奇老爷。卡尔洛夫奇一个爱开玩笑的家伙——就是那种说话拐弯抹角、隐晦滑稽的家伙，走进耶雷米耶的商店，讲了下面这番话：

“我今天在码头那边听到一个绝妙故事。两个农民卖掉他们的公牛，得到一大笔钱，走在回家的路上。呃，那些法国人正经由普鲁士撤退；跟着他们一起撤退的有为波拿巴[1]效劳的

[1] 拿破仑全名是拿破仑·波拿巴。

塞尔维亚人。为了打发时间，其中一个农民赌上一百金币，说他可以吃下一只青蛙。呃，咱们在奥地利军队中效劳的塞尔维亚人正在攻击那些通过日耳曼领土的法国人；呃，跟他们一起进行攻击的有帕皮拉，咱们那个上城大教堂的阿夫科森迪耶·帕皮拉。那个农民真的吃掉了青蛙，赢了该他得的钱币。呃，帕皮拉要求跟一名法军上尉奥普伊奇进行决斗，那个法军上尉来自的里雅斯特那边的奥普伊奇家族。呃，那个拿青蛙打赌打输、不得不掏出一百金币的农民心想：等村里人听说我为了什么事赌输，一定会嘲笑我。呃，你的杜尼娅没有跟咱们的人，跟奥地利人，一直待在一起；因为那个行事独特的奥普伊奇上尉派她去给他受伤的儿子疗伤去了，他儿子索福洛尼耶是法军中的一名中尉。于是，希望把输掉的一百金币收回的那个农民打赌说，他也可以吃掉一只青蛙！呃，他做到了。呃，奥普伊奇上尉用他的马刀杀死了帕皮拉，连他叫什么名字都没问一下，与此同时那个吞下青蛙的农民赢回他的一百金币之后，问第一个农民：

‘告诉我，为什么咱们塞尔维亚人非要吞下这些青蛙呢？’”

卡洛佩罗维奇老爷把那个无赖逐出他的商店，不过在那天接下来的时间里，他不敢带着这个可怕的消息出现在妻子面前。他掩藏起自己的眼泪，但这个消息很快就传开了，拉斯蒂娜夫人——她已离不开那个现在被泪水浸透的带铃铛的枕头——在她丈夫之后听说了帕皮拉死亡的消息，尽管她在他之前已听说了另一个可怕的故事，那是在帕皮拉死后围绕他而起的众多故事中的一个故事。

那天下午，拉斯蒂娜夫人和她朋友阿瓦库莫维奇太太坐在俯瞰多瑙河的阳台上，阿瓦库莫维奇太太特意立刻赶来向她原原本本讲述这个故事。

“阿夫科森迪耶·帕皮拉被杀死之后，”阿瓦库莫维奇太太说，“你的杜尼娅就带着一把鱼形匕首，悄悄地去给她的恋人报仇。她要找到那个杀死帕皮拉的人，人们都知道那个人是谁——老奥普伊奇上尉。她在法国人宿营地找到杀害她恋人的那个人，那些当兵的把她带到了奥普耶奇上尉那里。

“‘我从很远的地方来寻找你的手。我曾听说你的手耍起马刀来特别轻松敏捷。这也是我需要你的原因。我有一个请求。’

“‘什么请求？’奥普伊奇上尉问。

“‘我需要除掉一个人。’

“‘那得花钱。’

“‘当然得花钱。’杜尼娅说，同时拿出一小袋金子给他看了看。

“‘没问题，’他说，‘谁想把谁除掉呢？’

“‘我。’

“‘你？你出钱把你自己干掉？’

“‘是的。我没有时间可以耽搁。我在赶时间。我只有一个条件。你看见我这些有点发灰的头发吗？当你干你的活时，得让它们保持原样。任何一个小月亮，任何一个灰色的小星星都不能损坏。’

“忽然，他把一个马笼头套到杜尼娅头上，还把马嚼子勒进她上下牙齿之间。那些当兵的无不惊骇，但出人意料的是那个辔头特别合适，马嚼子在杜尼娅上下牙齿之间找到了合适的位置，好像它完全是为杜尼娅的脑袋专门定做的。

“‘现在咱们知道自己站在什么地方啦。跳蚤是不会跳到肥猫身上的。’上尉补充说，同时把他的刀鞘一转，让刀鞘口朝下，使那把巨大的马刀滑出来。他将刀鞘伸向杜尼娅，杜尼娅把金币塞了进去。接着，他给杜尼娅取下马笼头，命令手下把抹了黄油的圆面包拿出来，那些圆面包需要一整天才能烤好，因为每个面包在下一个刚揉捏好并涂抹上黄油时，都得从烤炉里取出来，把新捏的面包叠在之前的那个上面，然后再把它们一起放回烤炉。晚餐后，他把杜尼娅带进卧室，说：‘你向我寻求那种帮助，那你肯定不怕跟我这样的人睡在一起吧？’

“‘我不再害怕任何事，’杜尼娅回答，‘但你得告诉我你要对我干什么。人们都说你的行为是没法预料的……’说着，她瞥了一眼天空，仿佛在估算时间。

“‘我要把女人所知道的最美丽的死亡送给你。在我身体里，有死亡的种子和生命的种子。我要让你怀上一个小孩，你可以生下你所希望生的那一个。你会有两次受精，而且要自己决定两个种子你想要哪一个：生命的种子，抑或死亡的种子。’

“‘这需要花很长时间。我想立刻把事情解决掉。’

“‘不需要太长时间，今天晚上就能解决。’

“杜尼娅拥抱了她的刽子手，同时感到黑夜在她心里裂开，为一种甜美的亮光留出了空间。随后一切都静下来。她没有用上那把藏起来的匕首。那把匕首的形状很像一条鱼。

“‘现在你能跟我待在一起了。’到了早上，奥普伊奇上尉一边吻着杜尼娅的戒指，一边说。杜尼娅意识到自己会活下去，而且说不定还很愉快。

“‘你的种子没有杀死我啊。’她说。

“‘不，它不会的，不过它也没有让你怀孕。你是个没有子女的女人。’说着，他们两个人都笑了……”

这就是惊愕万分的拉斯蒂娜夫人从她朋友嘴里听说的故事。当天晚上，她再次在自己房间里走来走去，对女儿大发雷霆，一直语无伦次地重复：“她没有长屄！她没有长屄！毁掉了帕皮拉。那么好的男子啊！而她的匕首用都没用！”

然而那天晚上吃饭时，她丈夫告诉她，他们的儿子阿尔瑟尼耶已应征入伍，决心去为他的朋友帕皮拉报仇，杀死奥普伊奇，逮住他妹妹。这让拉斯蒂娜夫人愈发惊恐，她唤来儿子，含着眼泪说：

“现在咱们两个脖子上都套着锁链。不过它们还不算太紧，只要咱们愿意，就能把它们甩掉，并像什么都未曾发生那样继续生活。你愿意吗？”

“当然不愿意。”已经一身轻骑兵打扮的小卡洛佩罗维奇回答。

“那就对我发誓，你会跟帕皮拉睡过的每个女人睡觉。”

她说出这话时儿子眼里闪烁着奇异之光，见此情形，拉斯蒂娜夫人似乎又振作起来。她让儿子发誓他会跟他从前的好友阿夫科森迪耶·帕皮拉睡过的每个女人睡觉，用这种方式保存住对阿夫科森迪耶·帕皮拉的记忆，在某种程度上，就是通过那些爱过帕皮拉的女人让帕皮拉一直活下去。另外，她还对自己发誓，要把她的女儿兼情敌抓回来，这个女儿兼情敌不仅让她失去了帕皮拉，也让她失去了这个女儿已经睡过或是原本想睡的所有人。

“还有一件事，”在儿子出发与法国人作战前从马鞍上俯身与她吻别时，她附在儿子耳边低声说道：“知道吗，我以前不敢告诉你。但现在我必须说出来。奥普伊奇上尉是你的亲生父亲。”

听了这番话，年轻的阿尔瑟尼耶·卡洛佩罗维奇浑身一颤。他感到舌头上青草正在生长。他发现在前面等着他的不是复仇，而是跟女人之间的一些快速而短暂的风流韵事，那些女人曾经是他好友的所爱，现在将不得不也成为他的所爱。

在他决定将自己的精子和他那已故好友的精子混合到一起的那一刻，阿尔瑟尼耶还没有意识到他这个誓言的全部含义。他只是根据刚刚得知的情况推断，杜尼娅不是他的亲妹妹，而是跟他同母异父。

他兴高采烈地踢了踢马刺，策马而去。

第二组七张牌的牌义

8 号牌

力 量

耶丽赛纳·泰奈茨基无法记起自己的父亲，他于 1797 年死在多瑙河畔的一座塔楼里。但是因为思念父亲，耶丽赛纳学会了飞。最初，她在自己的梦里飞。后来，她甚至能绕着自己的房间飞上一小会儿。在泽蒙的家中，耶丽赛纳·泰奈茨基从她房间窗口观察多瑙河的河水。夜间，她注意到河水气味如何发生变化；白天，她则注意到粼粼水波怎样把阴影投射到河岸上。她父亲就葬在那条河的某个地方；由于父亲在战争中打了败仗，她特别热爱自己的父亲，有时候她会对着那条大河喃喃诉说："跟他嬉戏吧，你们这些魔鬼，可是随后请把他还给我啊。"

然而她父亲并没有归来。一天早上，她突然冲出自己的房间；在那个房间，衣橱让她觉得寒冷，而雨则在她梦里淅淅沥沥下个不停。她抱着双乳，沿石阶走向河边，仿佛那对乳房不是属于她自己的东西；它们让她感到吃惊，她倾听着自己还不熟悉的身体，仿佛因为自己体内五颜六色的液体遭到了谴责。她感到自己必须活在这具躯体里，感到它是孤寂的，它内部的空无是有害的。她觉得，年轻是一种罪过和惩罚。所以，在河边台阶上，她恨自己那位英俊的哥哥，参加了奥地利军队的帕纳·泰奈茨基上尉——他刚从的里雅斯特归来，肩上披着一头难以驯服的狮子似的长鬃毛。她恨这位哥哥的程度，一如她周围的人对他惧怕的程度。而到了修船所的棚屋附近，她则恨自己的弟弟马卡里耶·泰奈茨基；马卡里耶结婚成家前，一直在家族的铸钟工厂制造锁和门把手，造出的东西全都像钟表一般精密严谨；但在结婚后，他开始在同一家铸钟工厂为奥地利军队制造手枪和滑膛枪用的击铁和扳机，做工同样完美无瑕。在圣尼古拉教堂前面，她恨自己又长又窄的脚，觉得它们生得奇丑无比；而到了路尽头，在喷泉旁边，她则恨马卡里耶的妻子，这个女人曾经责怪她："耶丽赛纳·泰奈茨基，你是既不能推也不能拉啊。"有一阵子，她心里的恨与另外一股相对立的力量搏斗起来，但她随即开始喊叫，借助这个办法驱散了心里的恨意。

我知道我可以拿什么来对抗这股恨意了，她心想。到了河岸边——那里像打扫过的房间一样干净，她走进一家商店，挑选了几样要买的东西。

“给我那条围巾，一只长烟管，这把椅子，一双手套和一枚戒指。”

“这样可买不成东西，泰奈茨基小姐。”店老板用商量的口吻说，“你得告诉我你想买的是哪一种长烟管。有男人用的烟斗和女人用的烟斗。有海泡石烟斗，也有即使你把它放在一边、火也不会熄灭的烟筒。呃，这儿还有一种，握着它们的手会很舒服的烟斗，依照尺寸雕琢的。”

“我没有带来尺寸。”耶丽赛纳回答说，同时心想她的眼泪已经把她出卖了。她觉得，她的心思仿佛全都显露在脸上，而且心思和梦似乎都可以透过一个人的眼泪而被看穿。

甚至在眼泪变干之后，耶丽赛纳想，在它们再也没法与头一天的汗水区别开，在它们像鱼鳞一样粘在脸颊上之后，它们也会出卖你。

尽管如此，就像挑选乐器似的，她选了一个硬邦邦的、用李子木做的烟斗，上面的烟嘴出自动物的犄角。

“至于手套嘛，给我拿一副男式手套。就是你在上面戴着戒指的那种。另外，给我拿一枚跟手套相配的戒指。”

店老板咕哝着说，手套最好要大小合适，戒指要匹配戴它的手指；可耶丽赛纳说，她知道自己赠送手套的那个人的尺码。这话并不真实。她买手套要送的那个人，在当时对她来说还完全是个陌生人。她甚至不知道那个人长什么模样，叫什么名字。她从未见过那个人。耶丽赛纳·泰奈茨基采购这些东西，是为了送给她目前尚不知为何许人的订婚对象，是为了送给她未来的丈夫。终将有一天，那个人会从未来的宽阔海面上浮现出来；在那海面上，每天都流动着这条从她脚下和这座小城脚下流过的多瑙河的河水。她快速买下所有的东西，简直像是在给自己置办嫁妆。给那枚戒指付钱时，她的整个身体开始散发出蜜桃的气息。

石阶上摆着一些货品陈列架，她从其中一个架子上取下一双小巧的、用银丝和绸缎做的鞋子，悬挂鞋子的是一根金色丝带。

“你能把小鞋子卖给我一只吗？”她问店老板。

“一只？”店老板反问道，同时感觉自己就像一个死去的人，胡子嗖嗖地长了出来。“有谁听说过买鞋只买一只的啊，好孩子？”

耶丽赛纳·泰奈茨基不屑地挥了挥手，付了那双鞋子的钱，然后立刻把其中一只丢进水沟，把另一只像盒式吊坠一样挂到自己的脖子上。就这样，她回了家，一路上那只小鞋子犹如一件吊在她两乳当中的珍宝，晶晶闪亮。当天晚上，她买的东西刚被送到，她就将它们绕着房间摆开，还给它们起了名字。她把那枚戒指称作“奥噶尔①”；也就是在这个时候，她发现戒指上有一段铭文：

请记住我！这枚戒指重获了贞洁。

① 原文为“Ogar”，是匈牙利出产的一种纯种猎犬。

我期盼你的手指，一如你的新郎！

她把戒指丢进她的第三只鞋里，迷迷糊糊打起盹来。当不远处的尼古拉教堂敲响午夜4点的钟声时，她感到在她的睡眠中，她的身体又开始散发出蜜桃的气息。这气息让她吃了一惊。

实际上，耶丽赛纳·泰奈茨基不喜欢睡觉。她害怕睡着。

9号牌

隐　士

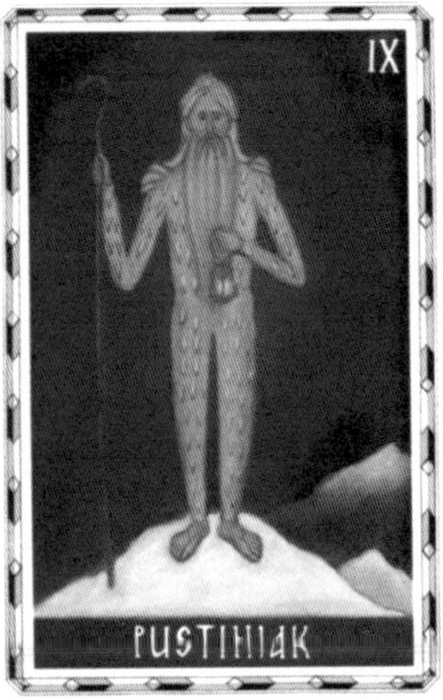

法军中尉索福洛尼耶·奥普伊奇赤脚骑着他的马，就像有人把一枚金币塞进一块面包，再任由那块面包顺着河水漂流而去。他让士兵们在一座山冈的斜坡上休息，自己则独自朝着山顶上的小屋走去，那里有一位隐士正设法劈木柴。奥普伊奇中尉吩咐了一声，那些士兵就过来出手帮助这位隐居者。当天晚上，完成任务返回去时，他们陷入一片漆黑之中，不得不停下。这时候，山冈上亮起一盏提灯。那位隐士为报答他们帮忙劈了柴禾，在为他们的夜路照明。中尉下令继续前进，但是当他一开口说话，灯光便随之消失了。而他刚一停止说话，灯光却又亮了。中尉命令所有人都保持静默，然而恰在此时，一匹马嘶鸣起来，灯光也随之消失在黑沉沉的雾霭中。

谁会赐予我们一位恩赐者啊，这位恩赐者的馈赠不会随着他一同死灭，哪怕星星让自己的亮光像树叶一样飘落凋零？索福洛尼耶·奥普伊奇一边思索，一边命令大伙把他们坐骑的嘴都合拢。他们就是这样凑合着返回了原地。

索福洛尼耶·奥普伊奇命令士兵们在斜坡上过夜，自己则又去叩那座小屋的门。那位隐士让他进了屋，给他腾出一个可以躺下的角落。他们就在黑暗中躺着，索福洛尼耶什么话也没说。那位隐士属于这样一类人，他们可以通过岩羚羊的跳跃判断一年已经过去多少天，可以通过河水的声音判断第二天会是什么天气。

中尉感觉到，那种因为饥饿造成的不适犹如心脏里的一阵刺痛，在他的心里苏醒了。通过这饥饿和刺痛，他倾听到地下隐藏的河流和地底深处的海水所发出的轰鸣；在这些水的深处，它们激荡往复、迂回曲折，涌上富含金属的卵石和银白色的沙滩。他听到海水怎样把地底下的鱼裹挟到了北方，他灵魂深处的欲望如何对这些运动和声响、这种音乐和它的震荡作出回应。他知道，大地子宫里面的所有这一切只不过是星辰颤抖的回响；他也知道，这正是大地中的金子与宇宙中的金子，与动物和植物以及人的祖先们进行对话的方式。他渴望自己周围的所有事物尽可能多地发生变化。他绝对没有任何理由喜欢自己的过去，但是他对未来确实拥有期望而且热爱未来，尽管未来会将他带向死亡。一切都在他的前方，没有任何东西在他后面。他被这种欲望驱赶着、裹挟着；他期望会发生某种奇迹，期望天上行星的分布会发生变化；他期望那俨如装在他口袋里的另一颗心脏一般噗噗跳动的时间，会停止敲响那些对他有危害的钟点，期望水瓶座和天蝎座会为了一些别的需要，将它们自身租出去，而那位隐士会因此再不能从岩羚羊的跳跃推算索福洛尼耶·奥普伊奇中尉手表上的时间。由于这种非物质的欲望，他焕发出一种亮光，那不是普通的亮光，而是一种奇异的、可以像水一样喝进嘴里去的亮光。但是这种亮光并不属于这个世界，也不能引导他穿越黑夜；它只能引导他穿越阴曹地府。而他所需要的却是来自陆地世界的一些亮光。

“我知道你为什么没睡着。”这时那位隐士开口了，“你很快就要投入战斗了。你到我这儿来，是想让我告诉你战斗中会发生什么……”

奥普伊奇中尉什么也没说，只是听着，因为根据经验他已经知道，如果他开口讲话，那种亮光就不会赐给他。

“嗯，事情其实是这样发生的，我的孩子。请想想有两个人——一位男性和一位女性。或者，更好也更容易些，想想战争中两支敌对的军队吧。其中一方打赢了，就像法国军队在你父亲参加过的上一次战争中打赢了那样。另一方战败了，就像奥地利军队那样。可是请注意——胜利是没有孩子的，它只有一个父亲。相反，失败却有上百个孩子。想想吧。谁是更强大的一方？而且在胜利之后，胜利者会发生怎样的情况呢？一个可怖的、胡子拉碴的、对你来说完全陌生的男子，全副武装，从头到脚满是泥泞，突然闯进家里，他那陌生的气味把你吓得要死，你还没来得及设法离开房间并意识到这是你的父亲，他就已经把你母亲弄到了床上。类似的事在每一个胜利者家里都会发生。自此以后，他们会维持对他们的女人、战马和权力的严厉控制，至今固守不变。至于他们的孩子——你和你的同辈——他们会让你们一直生活在他们的阴影里，并像拴狗似的用皮带拴着你们，直到你们开始数自己头上长出的白发。

“可是再来看看另一边——敌对那方的军人吧，看看在战争中败给你父亲和法国人的那个邻国的后院。在那里，那些被迫屈服的父亲，夹着尾巴返回各自家中。这支打了败仗的父亲们的部队让痛苦在他们整个国家四处蔓延。整个奥地利和普鲁士。然后发生了什么呢？他们的儿子，跟你同一辈的人，那时还没拿过武器，也没有为输掉的战争背负内疚。他们的灵魂没有任何负罪感，他们的前方没有任何藩篱，他们的父亲不会骑到他们背上。这就是为什么今天他们能做你们从来不敢去做的任何事。他们能做你们的父亲能做的任何事。你想要证据吗？证据就在你肩上。在上一次战争中，你的父亲，哈拉拉姆皮耶·奥普伊奇杀死一位赫赫有名的奥地利神枪手，帕霍米耶·泰奈茨基。而现在，这么些年过去以后，你，作为打了胜仗的父亲的儿子，跟那个打了败仗的帕霍米耶·泰奈茨基的儿子一样，也都成了战士。可是要记住，你在拿破仑的军队，他在奥地利的军队，拥有的军衔并不一样。你是一名中尉，而他，尽管跟你同辈，却已经当上了上尉。这就是说，上次战争输给你父亲的他们的那支邻国军队中现在掌权的这代人，比起你们军队中的掌权者要年轻一辈；因为在你们军队中仍是由你们那些步履不稳的父亲统治着。但是现在，你们作为弱势一方，面对他们，在战场另一边的强势一方，你们只能去承受所有责任，并在这场崭新的对决中去冒险，尽管你们甚至到今天还没有掌握任何权力。这场战争中，作为曾经得胜者的儿子的一代弱势者，将要与作为失败者的儿子的一代强势者进行交锋。所以要警惕并牢记，对你来说这是一个最具挑战性的时代……

"不过有件事我想问你，一件我没法理解的关于你和你父亲的事。在这件事情上，我甚至对你的敌人，泰奈茨基上尉，也不理解。你们为什么要在外国人的军队，而不是在你们自己的军队里服役？你们是在为了两个属于外国人的帝国——为了法兰西和奥地利——战斗并牺牲，而与此同时，你们自己部族的同胞却在塞尔维亚，在贝尔格莱德，正为了他们的国家与土耳其人进行战斗。"

隐士讲话的当口，待在他旁边黑暗中的军官听到：在隐士小屋底下令人晕眩的深处，不同的色彩——红、黄、绿、蓝——组成的薄雾犹如从头顶上方吹过的风，正在一派黑暗中飘飞。他不再去想那场等待着他的战争。那一夜的那个时辰，胡髭生长得愈发快速，他感到有种像蛛网的东西在轻轻触碰他的嘴唇。

"什么才是正确的道路，神父？"最后他问道，"一个人怎样才能辨认出正确的道路？"

"只要你遵照自己的恐惧指引，你就会走在正确的道路上。愿上帝佑助你！"

10 号牌

命运之轮

一天晚上，有个年轻女子出现在奥普伊奇中尉的宿营地。士兵把她带到中尉征用的宅子去见他。这女子的黑发上点缀着一些小星星和月牙形状的灰白斑点，好似一些白灿灿的花朵。

“那是银粉吗？”小奥普伊奇疑惑地询问，那姑娘回答：“你父亲奥普伊奇上尉派我来的，长官，转达他的问候并把这枚戒指交给你。”

“什么样的戒指？”小奥普伊奇问。

姑娘什么也没说。

“你哑巴啦？”他又问。

姑娘这才怯生生地开口说：“你父亲听说你的肩膀受了伤。”

“这跟你有什么关系？”

“我会疗伤。你父亲派我来为你舔伤口，这样一来那些婊子们就不能舔你了，他是这么说的。至于他送这枚戒指，是想让你把它作为酬劳送给我。”她拿出那枚刻有铭文的戒指，中尉认出上面刻着他父亲名字的首个字母。

“你叫什么名字？”他问她。

“我是卡尔洛夫奇的杜尼娅·卡洛佩罗维奇，那地方在多瑙河边上。”姑娘回答。

奥普伊奇中尉让自己躺下，杜尼娅用一滴白兰地在他伤口上画了一个十字。但在治伤之前，她警告他说：

“看着我的头发。等这伤口痊愈之后，你可能会发现这儿长出来的不是让人自豪的皮肤，而是一些毛发之类的东西，一种像是用我的发丝做成的毛茸茸的黑翅膀似的东西。你可以经常修剪它，但它会跟胡子一样继续冒出来。这样可以吗？”

小奥普伊奇只是不屑地挥挥手。姑娘舔他伤口的时候，他安静地仰面躺在那里，透过平静如镜的夜幕，倾听着地底深处水流激烈的咆哮，仿佛在那里，在大地的子宫里，暴风雨正在猖狂肆虐。自从那种不可思议的欲望攫住他之后，奥普伊奇中尉的听觉已经变得可以接受玄秘的事物；与其他人倾听地上的事物相比，他能更好地倾听地底下的东西。在他内心深处，坐在夜幕之上，他追寻那些遭掩埋的水流的呐喊，追寻那些湖泊的激荡轰鸣；下方深渊里，湖水涌向那些休眠火山的火焰，使它们变成死火山。而且，他还倾听着地表下面河流的呼吸，倾听着它们一边裹挟着它们在大地子宫里的潮涨潮落，一边对月亮的呼吸作出呼应……倾听着他自己的伤口、他的饥饿和疼痛，怎样合着地底下脉搏跳动的节奏而作出回应与悸动。

杜尼娅处理完他的伤口，在自己胸前画了个十字，仿佛是在偶然中瞥见他那竖挺的第十一根指头似的，说道：

“暂时你应该坐着撒尿……”

说着，杜尼娅偷偷笑起来。随后，他向杜尼娅打听自己的父亲。杜尼娅回答奥普伊奇上尉情况很好。说着，她再次偷偷笑起来。

“你笑什么？”中尉问；杜尼娅告诉了他原因。在她到这儿来的路上，她听说由魔法师、算命人、江湖医生和演员组成的一伙人在附近有个营地，他们在那里演一些关于中尉的父亲——哈拉拉姆皮耶·奥普伊奇上尉的戏。

“关于他爱情生活的戏。有一出悲剧，名叫《君士坦丁堡最后之恋》。”她柔声说道，“我在塞格德[①]看过这出戏。我还哭了。他从这个世界上消失了，因为他最后那次恋情，因为君士坦丁堡有个女人爱上了他并想怀上他的孩子……”

杜尼娅回自己房间之后，小奥普伊奇马上呷了一口酒，只

① 塞格德，克罗地亚语说法是塞格尔丁，位于匈牙利南部大平原，现在是匈牙利南部重要城市。

从嘴里发出一个完美喷射，就熄灭了窗台上的蜡烛，甚至都没有下床。

奥普伊奇中尉的伤口开始痊愈的时候，他把父亲的戒指送给杜尼娅，这意味着他们分手的时刻到了。然而，杜尼娅羞答答地笑着说，现在有别的地方需要治疗，不是那处伤口。

“那会是什么呢？”他捏了捏她的脸蛋，问道。

“你这个阳物总这样硬邦邦地直挺着可不算是健康。我很想知道它这样有多久了。难道在做爱之后它都不会变软吗？”

“是的。”

“我有件事得向你坦白，长官。你父亲并没有派我来给你疗伤。他甚至不知道你受了伤。而且我对治疗一窍不通。我根本不是医生。”

“那他为什么派你来？”

“他说我长着健康的乳房。这就是原因。他的口信是他会给你送来另一个姑娘，年纪跟我一样，只要她证明自己能配得上你。”

“你怎么直到这会儿才告诉我这些？”

“你直到现在一直是个伤员啊。”

“他有几个跟你同样年纪的姑娘？”

“所有我这个年纪的姑娘都为他疯狂。”

“他对你做了什么？”

“他对我们来说就像一位父亲。跟他在一起我们不会害怕。还有，他一直可以让我们高兴并吃惊。我是轻易不会吃惊的。”

“他是怎么让你吃惊的？”

“不提了。我一直很想看看你会怎么让我吃惊。”

听了她的话，中尉哈哈大笑，问道：“你两腿当中那个让别人快活的东西叫什么名字？”

“叶芙多吉雅。”

“很好，那咱们就来招待一下叶芙多吉雅吧。告诉我，叶芙多吉雅最爱吃什么？”

杜尼娅对着索福洛尼耶·奥普伊奇中尉的耳朵呢喃了几句，中尉就订了一顿供三人享用的奢华晚餐。他还要了餐桌、织花桌布、银质餐具和水晶玻璃杯，所有美味佳肴和饮料也随着这一切送进来，摆在床上。之后，他和杜尼娅舒展身体，躺在长榻上。他舀了满满一勺花椰菜羹，让叶芙多吉雅喝下，又舀了奶油蘑菇汤让她品尝，然后是一点土耳其肉饭、一根小萝卜、一只鸡腿；她把鸡腿上的肉啃得干干净净，然后把骨头扔掉；最后，他又喂了她一颗葡萄。见叶芙多吉雅吃饱了，他便抱住杜尼娅，说：“咱们来把晚餐都咽下去吧！”

做过爱之后，杜尼娅留在床上，索福洛尼耶·奥普伊奇则把军大衣披在肩上，打开他的纸墨匣子，坐下来动笔写一封家书：

请写信告诉我你们今年过得如何——干草和麦子收成怎样？葡萄园是否长势喜人、果实累累？此外还发生过哪些事？亲爱的兄弟马尔科和卢奇扬，你们写信丝毫不提你们有没有打算卖掉什么东西、牲畜是不是健康并完好无缺……我们在这儿每秒钟都在等待，我们向上帝祈求，请慈悲的主赐给我们的肉眼能够再次看见你们的力量！

谨此问候我亲爱的漂亮妹妹约瓦娜和萨拉，问候我亲爱的善良嫂子玛尔塔和阿尼察；请她们不要为我操心，衷心愿她们彼此关心、和睦生活，也愿她们孝敬我的母亲帕拉斯凯娃，愿慈悲的主用他珍视的各种宝物恩赐她们……

写于圣使徒耶利米日，咱们的五月份、他们的六月份的最末一天，你们梦中的儿子和兄弟——

索福洛尼耶

11 号牌

正　义

奥地利军队中的帕纳·泰奈茨基上尉和他小分队中的三个人走进“男子汉”理发店，找人给他们理发，还要了一盘靠吃奶酪长肥的嫩鸭烤肉。理发店的正当中矗立着那个“男子汉”——一尊正在倒水的男子木雕。理发店伙计战战兢兢地围着这几位军官忙碌，给他们修剪头发，还给他们奉上白兰地和用紫罗兰与玫瑰蜜渍而成的鲜花蜜酱。剪完头发，店伙计在店中央为几位军官摆开一张餐桌，他们就坐下用餐。让假发商、理发师和店伙计惊讶的是，午餐之后，尽管帕纳·泰奈茨基上尉的下巴下还掖着餐巾，他却坐回理发用的椅子上，要求把他和他伙伴们都剃成光头，连眉毛也要剃掉。

“为什么要这样剃，上尉？”理发师鼓足勇气问，“毛发如衣服啊。”

“千真万确。”帕纳·泰奈茨基在椅子上坐好，说道，“丑男人更能打仗。”

在他们的脑袋被剃光的同时，帕纳·泰奈茨基吩咐守在门口的勤务兵去打磨他的马刀，要打磨得适合他用左手挥舞。还要把刀鞘磨得锋利。

“上尉想必说的是马刀，而非刀鞘。”

“我的马刀永远都是锋利的，小子，用尾巴塞住你的嘴，给我仔细听着！”他回应勤务兵。勤务兵赶紧走开，去打磨刀鞘和适合左手挥舞的刀锋，尽管他心里怀着些许惊讶，因为他知道上尉惯常使用的是右手。

“您是准备打一个前所未有的胜仗吧，*Mein Herr*[①]？”理发师一边重新给上尉剪发，一边问道。

“错了，我的鹰，我是准备留在我所待的地方。”

“您这话是什么意思，*Mein Herr*？”

“你见没见过一幅描绘基督恩赐圣餐的壁画？”

“基督？当然，我见过，有两个基督：一个分发面包，另一个分发葡萄酒。一个总是面朝世界的一边，而另一个总是面朝世界的另一边。”

① 德语，意为：我的先生。

“正确。你瞧你是多么快就领会了这点啊？既然面包和葡萄酒不能同时分发，也就意味着分发面包的基督比分发葡萄酒的基督要年长，反过来说也是一样。换句话说，就是葡萄酒的时刻属于未来，面包的时刻属于过去。世界的两边也同样如此。所以，使徒们举行圣餐仪式的壁画所要描绘的乃是时间。”

“那您在何处呢，上尉？”

“我永远在中间。在两位基督之间，在东方和西方之间，在面包和葡萄酒之间；假如你喜欢，也可以说是在过去和未来之间。此乃我希望继续待着的所在。我那死去的父亲没能做到这点。其实，他并不算是战士。他是一名乐师，他只根据节奏的停顿来思考问题。他不知道决定生命的是敌人，而非朋友。”

“嗯，没错，你们塞尔维亚人对自己敌人的关注多过了对自己朋友的关注。干得不错，上尉。据说守在对面法国人那边的是索福洛尼耶·奥普伊奇中尉。他来自的里雅斯特著名的奥普伊奇家族。要提防他啊。人们说，他非常像他父亲。跟牙齿一样敏捷。为防万一，应该在两匹马中间安排一个你的人，让他拿着用毯子裹住的枪，盯住那个中尉。”

“他绝非鼎鼎大名的奥普伊奇。他还躲在他老爷子的影子里尿尿呢。”一个军官插话说。

“不管怎么说，他是个怪家伙。有一天他还顺路到过这儿呢。”

“你没有搞错？是真的吗？”一个军官问。

“我凭着这个十字架发誓，他和一个不寻常的传令兵来过这儿。他提到你的名字，泰奈茨基上尉。他说他的父亲知道你的父亲。”

“物以类聚，人以群分啊。”泰奈茨基上尉突然插话说，“拥有父亲这件事，在人的一生当中只有一次是重要的。而且你知道那是在什么时候。在那之后你就不再需要他了。至于奥普伊奇中尉嘛，我曾经跟他的妹妹约瓦娜很熟悉，不过我已经不再跟她来往了。”

“话是怎么说来着，*Mein Herr*？别无选择，凡人看见魔鬼，魔鬼看见上帝。”

“那位奥普伊奇来这儿干了些什么？”坐在第三把椅子上的军官想要多了解一些情况。

“他预约了死后理发和修面，只是为了‘以防万一’，万一有最糟糕的情况发生。据说他在每次战斗开始前都会这么做。他还把钱预付了。奥普伊奇家族的人希望，即使死了，也要看着体面。”

“他们会如愿以偿的。”泰奈茨基上尉打断说。他丢开毛巾，大步流星走出理发店，他那剃光的脑袋在阳光下面显得亮晃晃的。

“怎么啦？”军官们都走了之后，有个店伙计问另一个。

“你不明白呀？”另外那个店伙计说。

“不明白。”

“帕纳·泰奈茨基上尉正在寻求正义。在这场战争中，在1813年的这场战争中，他要向索福洛尼耶·奥普伊奇中尉复仇，索福洛尼耶是哈拉拉姆皮耶·奥普伊奇上尉的儿子，而哈拉拉姆皮耶·奥普伊奇在上次战争中，也就是**1797**年的那场战争中，杀死了帕纳·泰奈茨基上尉的父亲，帕霍米耶·泰奈茨基。”

三天后，索福洛尼耶·奥普伊奇和帕纳·泰奈茨基果然在战场上遭遇了。因为脑袋和眉毛都剃得光光的，帕纳·泰奈茨基和他的军官们看上去活像一群鬼怪。这一次，帕纳·泰奈茨基上尉把马刀换到左手中，右手则握着刀鞘。当他们向对方扑过去时，索福洛尼耶·奥普伊奇中尉以为他的对手是个左撇子，于是眼睛就紧盯着帕纳·泰奈茨基左手中的马刀……正是在这种情况下，帕纳·泰奈茨基用他右手握着的刀鞘刺中了小奥普伊奇，而小奥普伊奇则像被刀劈中一般倒了下去。被刺倒在地后，小奥普伊奇看见的最后一件事是帕纳·泰奈茨基上尉通过把自己的马刀插回刀鞘，而非从他的胸膛拔出刀鞘，来宣告胜利和战斗结束。那把马刀没有造成任何疼痛，神奇而轻易地滑入刀鞘和索福洛尼耶的身体。

12 号牌

倒吊人

离开取得胜利的战场时，帕纳·泰奈茨基上尉命人绑住索福洛尼耶·奥普伊奇中尉的一只脚，把他吊在一棵树上。就这样，奥普伊奇中尉双手捆在背后，被倒吊着留在了那里。他的漂亮长发向下垂着，而且很多年来第一次，他没能听到地底或地上的任何一点动静。

然而，当天晚上，一个脖子里挂着一只鞋子的姑娘来到那里，发现了这个被倒吊的人。她仔细打量他，看见他的阳物硬邦邦挺立着，便由此断定他还活着。她当即吩咐她的用人把中尉解下来，并把他弄到附近镇上一所房子里。泰奈茨基上尉部队中的奥地利士兵没有阻拦她；相反，他们好像有点怕她。

在镇上，索福洛尼耶被剥得精光，安置在铺着干净床单的床上。在这个过程中，那姑娘发现，他肩膀上有一绺乌黑毛发，上面点缀着小小的星星状和月牙形的灰色斑点，他腰带上还挂着一个小袋子，里面装着一只金手镯。跟所有年轻姑娘一样，她认为最重要的事是镜子记住了什么，不过她还是欣然念了念那只手镯上铭刻的文字。接着，她麻利地把手镯戴到自己手臂上，油然而生一股满足感，并开始动手给中尉清理伤口。说来也怪，这个年轻小伙跟他那些器宇轩昂的白猎犬一样，身上没有任何气味，而且如同那些猎犬，他身上也没有弄得脏兮兮的，他的身体居然有能力做到自我清洁。但是即便这样，情况也非常糟糕。索福洛尼耶·奥普伊奇正处在一种没希望的状态，所以那个姑娘意识到她必须抓紧行动，必须非常快地行动。

她对自己必须做的事毫不畏怯。她用心细听这个受伤男人的呼吸，捕捉住他从肺里向外释放气息的瞬间。在同一瞬间，她深深吸气，吸出这个男人体内的疼痛，并试图将他体内释放出来的有害之气转移到自己身上。然后，当索福洛尼耶吸气时，她就呼气，把她年轻身体里的健康之气输送给这个病弱的男人。有害之气的移除就是这样进行的，因为这姑娘对自己的行动毫不畏惧，那些有害之气被送进了风里。但她很快就被这种治疗法搞得筋疲力尽了；她注意到，这个男人也同样如此，简直就像分娩让母亲和孩子都疲惫不堪一样。于是她中断了治疗，而中尉则感觉听到了自己身体深处的某种动静。

他最先听到摆在他正躺于其中的空旷房间里各个衣橱的气窗。接着，在他床底下十英寻①深的地方，他听到岩石在一道裂缝底部爆开的喀嚓声，并感到人类的灵魂也拥有它的东方、西方、南方和北方。不知为什么，他居然知道他是在自己灵魂的北方。天气寒冷，他留神倾听是否有来自南方的风；当他真的听到南风时，他便慢慢朝那个方向转过身去，然后穿过黑夜朝着南方走去。朝着他灵魂的南方走去。那是一段需要数日乃至数周的旅程，中尉在旅途中发现并领悟了一桩怪事。

人类——奥普伊奇中尉在那张木头床上摇摇晃晃，仿佛那是一条船，有的是顶篷而非船帆，他就是在这时候意识到——人类曾经在数千年的生活中没能注意到他周围的世界上到处是数字。数以亿计的数字。然后，某天早上，极其偶然地，他注意到了他的第一个数字，仿佛草地上出现的一朵鲜花。仿佛第一次出现的微笑。正如人类要发现自己的明天并非易事，他发现自己的第一个数字同样不容易。他接触到下一个数字又让他花费了数千年，果真比他发现自己的后天所花费的时间要长许多。到了最后，他开始驯养和培育他周围的那些数字。让它们滋生繁衍。在他的精心照料下，它们蓬勃生长。但只是对他才这样。这些数字的存在不是为了地上、地下或空中的任何其他事物。不是为了动物，也不是为了植物。起初他以为死人忘记了数字，但随后，他凝视着海水，看见了星星，并意识到在天国同样

① 英寻，度量单位，一英寻相当于1.8米或6英尺。

有数字，数量无穷无尽。正如他的始祖亚当曾经给各种动物命名，人类也开始给这些数不胜数的数字命名了。然而由于这些数字如此繁多，所有的一切都在索福洛尼耶·奥普伊奇的心里陷入停顿状态。正当对那些天文数字的驯服本该在他的听觉里开始之际，索福洛尼耶·奥普伊奇却再也没有一点力气了。

蓦然之间，他到了那个房间天花板的西北角，看见自己一丝不挂地躺在床上，头发披散在枕头上。头发中间有一绺绺他并未立刻发现的花白头发，那些花白头发明显比他头上的黑发长得缓慢，由此而产生的一个结果就是那些成绺的灰白头发全都生得要短一些。他的胸部被装进一个既无顶盖、也无衬底的鸟笼子；他是被硬塞进去的，躺在里面，动弹不得。尽管他能从自己所待的角落将一切尽收眼底，但作为复制品出现的并非奥普伊奇中尉本人，而是他的衬衣、靴子和他的新月形双角帽。也正是在这时候，他开始了死亡；他首先失去的是他的性别；接着，他感到他的衬衣在臀部和胸部位置骤然变紧，他的靴子变得特别宽大，而帽子却变得非常窄小。从他所在的那个西北角，他看到他的眼睛逐渐变得斑点密布，恰似两粒蛇卵。垂死之中的索福洛尼耶·奥普伊奇中尉正在变成他的亲生母亲，帕拉斯凯娃夫人。

接下来，在儿子的衬衣里面——衬衣紧紧裹在她身上，帕拉斯凯娃夫人蓦然间感到索福洛尼耶心脏里的小小饥饿感就像是她自己的疼痛，随后又感到自己心脏里的疼痛就像是索福洛尼耶的饥饿。就这样，索福洛尼耶记起了自己的愿望，活了过来。

是的，生命总是有一半会来寻找我们，另一半会去拜会它的创造者。原本就该如此啊，小奥普伊奇心想。他露出微笑，捻了捻胡须。他的胡须新近被编成一根鞭子似的辫子；在他生病期间，有人给他梳理过胡须。

再之后，他被带到了泽蒙。

13 号牌

死　神

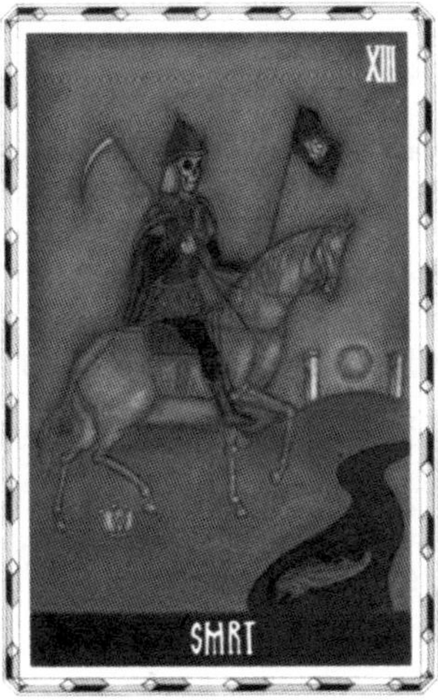

哈拉拉姆皮耶·奥普伊奇上尉冒着敌人的枪林弹雨，踩着泥泞，淋着大雨，跨过易北河之后，立刻在托尔高城① 附近一座荒芜的小城堡里扎下营地。八个哥特式窗户上的亮光把用作藏书室的椭圆形房间分割成八个部分，同时，从战场上传来的每一次炮弹轰炸声也被分割成了八个部分。房间的其他部分统统笼罩在朦胧的黑影和阒寂之中。走廊环绕着一圈书橱；在大理石地板的正中央，安放着一个形状像紫铜色鲜花的巨大浴缸。有如一头熊一般、懒洋洋地躺在撒了盐的热水中的正是哈拉拉姆皮耶·奥普伊奇上尉；他一边洗去泥泞和血渍，一边像只猫似的发出咕噜咕噜的喉音，同时还啧啧地喝着加了蜂蜜的冷荨麻茶。一名勤务兵麻利地把一块木板搭在浴缸上，又在木板上放了一只小木槌。他用熟练的手法把上尉的胡子编成一根根小辫，再将木板垫到那些辫子下面，用木槌细致敲打，目的是把它们弄干并敲成漂亮的形状。完事后，他把一块白毛巾铺在木板上，为上尉奉上一顿清淡的晚餐——先是一点用女人和山羊的奶汁制作并在油里浸泡过的干酪，配一份用雄性（阳具状的）番茄和洋葱拌的色拉；接着是意大利熏火腿和一杯托考伊[②]葡萄酒，这酒出自哈拉拉姆皮耶·奥普伊奇上尉的朋友——维特克维奇家族的酒窖。从埃格尔[③]到俄罗斯、再到返回易北河这边的战争中，上尉一直随身带着这种酒。

晚餐吃到一半，奥普伊奇上尉忽然冒出这样的问话：“*De figuris sententiarum*[④]！怎么说来着？”

然后，他将左手的手指一根根弯曲，开始数起来：“*Interogatio*，*subjection*，*anteoccupatio*，*correction*，*dubitatio*[⑤]……往下是什么？……咱们头上长的仍然是头发而不是野草，这可是好事情啊。”上尉对他的勤务兵说，“因此

① 托尔高城，位于易北河畔，拿破仑战争失败后，这里划给普鲁士；今属德国萨克森州北萨克森县。

② 托考伊，位于今匈牙利东北部，以出产葡萄酒闻名。

③ 埃格尔，位于今匈牙利东北部、易北河左面支流埃格尔河畔的一座历史名城。

④ 拉丁语，大意为：警句修辞法。

⑤ 这些词都是代表不同词类的中世纪修辞用语。

呢，*mon cher*[1]，来上一杯托考伊，然后让咱们读读《伊利亚特》。”

“是，长官，”勤务兵答道，并读出书名：“《伊利亚特》。”

> 在海的后面，距离特洛伊不远，有一片水域，那儿的水既苦涩又不能饮用。焦渴的动物聚集于那片水域，却不能饮用那里的水，直到独角兽到来。他的角具有药物的功能，当他低头喝水时，他的角将水搅动，让水变得浑浊却甘甜可饮。这时，另外那些焦渴的动物就会在他旁边喝水。一旦他解渴之后，从水里抬起他的角，那片水就会变得像从前一样苦涩。但是当他用角搅动水的时候，他的眼睛会让那片水变得更加清澈，而且就像摊开在一个人的手掌心里一般，在那清澈中可以看到未来的世界。我的兄弟热朗·普里阿摩热维奇曾让自己多次来到这片水边，跟动物们一起等候那个独角兽出现……

“这是真的吗，你真的有一位兄弟？”奥普伊奇上尉从他的浴缸里插嘴问道。

“他不是我的兄弟，*mon seigneur*[2]。他是这本书写的那个人的兄弟。”勤务兵说。

① 法语，意为：我亲爱的。
② 法语，意为：我的领主。

“那就继续读吧。”

我的兄弟热朗·普里阿摩热维奇曾让自己多次来到这片水边，跟动物们一起等候那个独角兽出现。有一次，当那些动物正在痛快畅饮的时候，他看见了海水中那个曾经让独角兽眼睛变得澄澈的地点。于是，一系列连绵不绝的愚蠢荒谬的事情，忽然就在他那慵懒、怯懦的眼睛前面展开了；他是那么清晰地看见那些事情，以至它们充满了他的存在本身。通过那些像浪潮一样喷涌而至的时日，他看得越来越远，并且一直告诉我们他都看到了什么。他看见的是他的星期六的胡子蓦然在星期天长了出来，这让他没法去抓挠那些胡子。陆地在他眼前展开，未来的植物在他耳中发出飒飒之声，岩石的滋味也开始在他嘴里酝酿。数着阳光明媚的日子，他看见亚当和夏娃的火热苹果如何转移到了我们的城市特洛伊。而且他看见我，他兄弟帕里斯·帕斯提莱维奇·阿莱克桑德，年龄比我大，帽子上插着一根牧羊人的棍子，换上我的短袜，前往斯巴达，在那儿，我用手指蘸着葡萄酒，在餐桌上写下我给另一个男人的漂亮妻子的求爱信，她名叫海伦。然后，他看见我怎么像盗窃一只绵羊一样盗走那个女人，把她带到我们的城市特洛伊，以及特洛伊将如何接受那个火热的苹果并被夷为平地……

“你怎么会有帕里斯·帕斯提莱维奇这名字？他是位英俊

男子，海伦就是因为这个才跟他走的，可是你，瞧瞧你自己，若不是你有耳朵，你肯定会偷偷大笑吧。”

“这不是我的名字，*mon seigneur*。这是书中那个人的名字。”

“你刚才说是你的名字。接着读吧，不要再搞错名字了！”

因为洞察到更深远的地方，一度深得穿越了时间，我兄弟热朗·普里阿摩热维奇看见了各式各样荒诞不经的事情，而且他无法停止通过他的眼睛和那片清澈的水一直往深远处探究，直到某个时刻眼睛和水会变得不复存在，就像一只袜子被翻了个里朝外。他已经由棕榈树得知站立比任何别的姿势都要痛苦，但他继续站在他那两耳之间属于他的死神的窗口前，他看见了 1204 年十字军在君士坦丁堡把四匹肥壮的铜马装上驶往威尼斯的大帆船①，他看见了惊慌的帕列奥罗格②族人和斯拉夫人全都踩着泥泞，将他们的长矛投向君士坦丁堡的木头大门，而且他看见了一个帝国的衰落。他看见了罗马迁移到君士坦丁堡，看见了

① 此事发生在西欧和威尼斯十字军 1204 年占领拜占庭帝国首都君士坦丁堡期间。从君士坦丁堡赛马场劫掠到威尼斯，并安置在圣马可教堂的著名青铜马铸造于公元前 4 世纪。1797 年拿破仑攻陷威尼斯，曾将青铜马运回巴黎，但后来这些青铜马又被还给威尼斯，收藏在圣马可教堂。

② 帕列奥罗格（Palaeologue）是拜占庭希腊一个贵族世家的名称，创建了拜占庭帝国最后一个王朝。

罗马在莫斯科，还有科斯马[1]航行到印度的船只和哥伦布停靠在新大陆海岸的船只；他看见了土耳其人攻打到维也纳的城门前、法国人进入威尼斯——他们在那儿把君士坦丁堡的四匹铜马从圣马可教堂搬走了；他还看见了另一个帝国的衰落……

“你这是胡说！*L'Empire de Napoleon*[2] 是不会衰落的！”

“咱们这一方是不是搬走了那些铜马？”

“往下读，咱们会看到发生什么的。”

他看见了高卢人在到处都是马肉的白俄罗斯，看见了在莱比锡发生的战斗和拿破仑在两座岛上……

“胡说八道！我们的皇帝怎么会在什么岛上？而且在莱比锡发生的是什么战斗？呃，那儿离这儿很近！吐口唾沫就够得到的距离。关于未来，我有一件事不明白……那不是我的拿手戏。我的职责不是未来。我的职责是死亡。千真万确。”

从特洛伊的雉堞墙上，我那疯狂的兄弟热朗·普里阿

① 科斯马是1587年乘坐西班牙大帆船横越太平洋的两个日本人之一，流传下来的只有他们作为基督徒的名字——克里斯托夫和科斯马。

② 法语，意为：拿破仑帝国。

摩热维奇看见了施里曼[1]和俄罗斯某个10月的红雪，他看见了对犹太人的迫害和闪击战，以及四个男人在雅尔塔[2]、斯大林在1948年；而且，惊恐不安中，拨开他罪孽的迷雾，他看见了耶路撒冷和哭墙[3]以及阿拉伯人，看见了油再次从东方流出来，盎格鲁-萨克逊人登上月球，进入苏维埃俄罗斯人所在的太空，以及塞尔维亚人冒全天下之大不韪；他那预言家的眼睛的源泉都要枯竭了，谁知道他还看见了别的什么以及看到了多远……那时候，我忽然对所有这些诡计和扯淡变得厌倦了，而且我确确实实把我的牧羊人棍子插到我的帽子上，换好我的短袜，前往斯巴达，去用手指蘸着葡萄酒在一张餐桌上写下我给那个美丽妇人——海伦·巴茜琉斯的求爱信。让被看见过的一切开始吧！

就在这时候，奥普伊奇上尉发现水已经凉了。

“黑管！”他用低沉有力的声音吼道，同时猛地站直身子，把浴缸里的一半水给泼到了外面。他拿一根用红色绒线绳

---

① 指发现特洛伊遗址的德国传奇考古学家海因里希·施里曼（Heinrich Schliemann，1822—1890）。

② 雅尔塔，位于克里米亚半岛南岸的一座历史古城；1945年2月，美、英、苏三国首脑在此会晤，制定了第二世界大战后世界新秩序和列强利益分配方针，形成“雅尔塔体系”，对“二战”后世界局势产生深远影响。

③ 哭墙，又称西墙，是耶路撒冷旧城古代犹太国第二圣殿护墙的一段，也是第二圣殿护墙的仅存遗址，犹太教把该墙看作是第一圣地，教徒至该墙例须哀哭，以表示对古神庙的哀悼并期待其恢复。

编织成的科摩罗[1]腰带，束紧他那赤裸的身体，上了床。接着，勤务兵把他的黑管和一只已经点燃的绿色烟斗交给他。他抽了一两口烟，坐在床上，乐器横放在膝盖上。一个士兵手里拿着同样的乐器走了进来。

“是真的吗，”上尉问那个士兵，“你长着灵敏的手指，可以把正在奔跑的人脚上的鞋子偷掉？”

“这是胡诌的。我弄来一只鞋子有何用？不过，我都可以教你，上尉，这种手艺和另一种手艺。怎么演奏和怎么偷窃。无论你喜欢哪种手艺。”

哈拉拉姆皮耶·奥普伊奇上尉纵声大笑，把烟火都喷得飞了起来，连他的烟斗也熄灭了。他抓起黑管，与那个士兵配合默契地吹起了《帕伊谢洛》。

法国骑兵部队中的哈拉拉姆皮耶·奥普伊奇上尉，在他参加战役期间，学会了怎么吹黑管。另外，他还学会了拉丁语修辞。与法军不同，他的进步并不算坏。或许这正是奥普伊奇上尉的变化未曾引起任何怀疑的原因所在。在易北河一带有太多的死亡，所以也就没有人去注意他的这些变化。

---

① 科摩罗，非洲一个位于印度洋上的岛国，有月亮之国、香料之国之称。

14 号牌

节　制

就在春天到来之前，索福洛尼耶·奥普伊奇中尉康复了。现实和梦境仍然是完全分不清彼此，不过他又知道自己叫什么名字了。他像捕捉苍蝇一样捕捉他的思绪，尽管很少成功。它们通常会从他手中逃脱。当他确实抓到它们时，它们或是已经死在他的手掌中，或是残缺不全，挣扎着想要飞走。他注意到，在他胸部受过伤的地方正在长出来的不是令人自豪的肌肤，而是一簇红色毛发，简直就像一根猪尾巴。

他发现在他身边有一个仆人，他被告知，这个仆人是他父亲派来的；另外，他的旧荷包也在身边，虽然是空的。索福洛尼耶装在里面的唯一一件的贵重物已经不见了。他母亲为了他“未来的意中人”而送给他的那只手镯消失了。那个仆人对此一无所知，不过他提到有个姑娘在中尉伤病期间曾经做过护理。

“她可能是你父亲派来给你疗伤、并像个荡妇似的舔你的女人之一，假如你不介意荡妇这种说法。”

奥普伊奇中尉问在哪儿可以找到那个女人，可仆人说他并不认识那个女人，说他到了之后那女人就再也没有来过。中尉不屑地挥了挥手，离开房间的时候还首次向仆人问到他们所在城市的名字。

“泽蒙。”仆人颇感惊讶地回答。

在外边的街上，奥普伊奇中尉半年以来头一回戴上他的手套，发现里面有个硬邦邦的东西。那是一枚戒指，一枚绝对陌生的戒指。小奥普伊奇看出，那是一个男人用的印章戒指。他隔着手套把戒指戴在手上，然后开始扫视大街，寻找一个长红头发的女人。幸运在那天没有垂顾他；但是第二天上午，在离他的住处不远的地方，他猛然看见一位姑娘，姑娘的红色发辫在阳光下熠熠闪耀，仿佛是用铜丝编织而成的。她手指上戴着贵重的金顶针和银顶针，而非装饰品；而且她的脖子上戴的也不是项链，而是一只小巧的银丝编织的鞋子。

“不可能啊！”索福洛尼耶·奥普伊奇暗自惊呼，并尾随在她后面。

她一直走到多瑙河边，脱下一只鞋子，把脚伸进河水，看水是不是很冷；所以，有一会儿她既在岸上，也在河里。接着，她转过身去，沿着台阶向上跑去，最后消失在一道大门里，那道门上镶嵌着四只马蹄铁。小奥普伊奇在心里记住那些马蹄铁彼此相对地站在那里，宛如面对面的两匹马。不过，第二天，他再次看见那个姑娘。她近在咫尺，坐在那幢房子的露台上；她背对着中尉和路人，正灵巧地把她那瀑布似的垂在背上的红头发编成发辫，然后又解开。中尉发现自己的手镯就戴在那姑娘的手臂上，深感惊讶。直到此刻，他才更仔细地打量起那个姑娘。他喜欢她的窄脚板和修长的脚趾，默默地想：这尤物的阴户一定很带劲儿……他走过那个露台，随即又折返回来；他没法让自己不想她。她仍然在那里，百无聊赖地用一只银高脚杯和一只金高脚杯把葡萄酒倒过来倒过去。她把腿伸在露台上的护栏缝里，若有所思地坐在那儿，只留意着一只高脚杯而不管另一只。

从她的手可以看出她会生两个小孩，奥普伊奇心想，从她穿衣的方式可以知道她会离婚；而从她梳头发的方式，我敢断定，她活到四十八岁就会死去。如同乐师通过耳朵来思考，这位尤物则是通过她的乳头来思考，小奥普伊奇一边这样断定，一边对那个姑娘说：

“你偷了我的手镯！它就在你的胳膊上！”

那姑娘把眼神移向他，而他注意到姑娘的身体开始散发出桃子的气息。那副神气使她的辫子开始像两条蛇，扭动着翘起来。

“任何人都可以这么说。证据在哪儿？”

"我可以告诉你手镯上刻的铭文是什么。是这样的：

'吾乃护身符。如若让我闲着，于你我就不再有用。如若你学会怎么将我再度充满，我就会重新变得对你有用。但是请切记一个事实：护身符没有服侍你并不代表它没有服侍别人……'

"这就是我的手镯上刻的话。这个手镯是你的厄运！你必须得把它还给我，即使它会吞噬掉戴着它的手臂！当你将它脱下时，你会失去一条手臂。"

露台上那姑娘只是格格地笑了笑。

"那我就不把它脱下。咱们可以交换。"

"交换什么？"

"正如你说我偷了你的手镯，我也要宣布你偷了我的戒指。它正戴在你的手指上。那枚印章戒指是压烟斗用的。它上面也有自己的圆体金铭文。"

中尉看了看戒指，把上面的铭文读给自己听："记住我！这枚戒指重获了贞洁。如若失去我……"随即，他听到露台上那个姑娘大声说道："记住我！这枚戒指重获了贞洁。如若失去我，你失去的将不只是我。我期盼你的手指，如你的新郎！"

蓦然间他像是苏醒了。他听见心底那股小小的饥渴犹如一阵轻微疼痛一般在哭泣；在表面长满青草的鹅卵石底下深远处，他听见死者正从底下、在根部那里吃草。他感到毛骨悚然，便问道："你是谁？"

"我是'第三只鞋'。"那个姑娘一边说，一边消失在那幢大门上镶着马蹄铁的宅子里。

小奥普伊奇面对那枚戒指，百思不得其解地苦想了两个晚上；第三天晚上，他找来一截粉笔，在那道有四个马蹄铁的大门上画了一个阳十字。到了早上，那个姑娘派来一名仆人，问那个符号是什么意思。

"是一种恐吓吗？"

"不，不是恐吓，相反，它表示我在那道大门外边生不如死。"

次日早上，那姑娘找来一截粉笔，在那道大门的内侧画了一个阴十字；将近傍晚时，她让大门向外敞开，好让索福洛尼耶看到这个符号，他也确实看到了。他听见那姑娘正在宅子里某个地方柔声唱着《记忆是灵魂的汗水》这首歌，仿佛是在月光下唱的。于是他走进去。那姑娘端给他蜜渍鲜花——一些玫瑰花和紫罗兰。

"你是谁？"他再次问她。

"我是谁？我名叫耶丽赛纳·泰奈茨基。但我越来越不确定我是谁了，越来越为我的所作所为和我即将变成的样子感到震惊。我对自己不是越来越了解，而是越来越陌生。在我自己的生活中，我正逐渐变成一个陌生人。我为此觉得很高兴……你又是谁呢？"

"夜幕降临之前，有时候在河上，飞鸟和鱼都会攻击同一只苍蝇。我就是那样一只苍蝇，而现在就是河边那样的一个时刻。但是千万不要以为我不在乎谁会吞噬我。无论是你，或是别人。”

索福洛尼耶吐出这些话的时候，注意到那姑娘全身再次散发出桃子的气息，他就亲吻了她。

“你舌头下面藏着什么东西啊？”她惊诧地问，“一块石头吗？”

“是的，那是我隐藏秘密的地方。”

“把它交给我，把你的秘密交给我吧！”她说；他们再次接吻时，那块鹅卵石就换了地方，转移到她的嘴里。接着，耶丽赛纳含着那块鹅卵石说道：“每个夜晚会有位天使把我的灵魂从我的生命和身体里拽走，就像一张捕获住了所有猎物的巨网。昨天晚上，这张网网住一种新的东西，它用我的灵魂捕捉到你的灵魂。”

他发现她把嘴唇和胸前的乳头都涂成了同样颜色；当天午夜时分，他把他的十二股精液射入她体内，节奏与塔楼敲响的钟声正好一致。

* * *

就这样，开始了一场激动人心的爱情。相对于漫长、艰辛而痛苦的生活，激动人心的爱情会让一个人更为快速地衰老。耶丽赛纳骑着她的骑士穿越了邈远而陌生的疆域，从漫长跋涉中返回时筋疲力尽、心花怒放又气喘吁吁。接着，她的子宫对塔楼的钟声作出了回应。爱情没有留给她吃饭的时间。有时候，她会把夜宵摆在恋人胸脯上，自己坐在他身上，一边吃，一边同时用爱情和碎豆子喂他。他们从一般的苦难中获取幸福，从普遍的挫败中感受成功，他们将会因此而永远得不到宽恕。

第三组七张牌的牌义

15 号牌

魔　鬼

奈日特[①]诞生在巴纳特地区一座横跨卡拉什河[②]的桥上，当时他的主人百无聊赖，正在给自己的影子再度施洗。他被起了数不清的名字，诸如：乌可提、塔仔纳、齿中岩、神之弟[③]、恶魔。他觉得自己跟这些名字之间是互为一体的关系，所以总害怕有人会把写着他名字的帖子扔进火里。他喜欢用自己的尾巴撒尿，他从来不会将南瓜单独种植，其他人则喜欢冲着他的耳朵吐唾沫。

他是在黑山地区[④]布库米尔湖畔的岩石丛中长大的。他能写字，却不能阅读，因为只要他念出自己的名字，这名字就会即刻将他杀死。那时，他能剩下的将只会是一根中空的骨头。他不喜欢玫瑰，他也不喜欢露出自己的黑牙齿，所以他从来不笑。他穿怪里怪气的靴子，那些靴子的后跟都是前后倒置的。据说他总是自己模仿自己，而且比天使更敏捷，尽管他走路有点瘸。有人曾看见他围着孩子们用他的尾巴画圆圈。当他还是小不点的时候，闪电会把他吓得躲进男人的裤脚或是女人的裙子里，因为他相信那一道道闪电要寻找的就是他。他喜欢研究自己在斧刃上映出来的影子；当天上雷声滚滚，人们会拿出带有他映像的斧头，来防止闪电击中他们的家。

据说，他的威力有特定范围，就是在某人轮到被再次吸血的时候。那时，他将会引领那个人——那个三度重生的吸血鬼，穿越人们的梦境，教人们结结巴巴地说话。他喜欢把成年人当马骑，喜欢挤别人家牲畜的奶；他装扮成女人的样子，把尾巴缠在自己腰里，然后自称是城里某个小伙子的未婚妻。他有自己的理发师，还有许多散布在世界各地的兄弟。他的每一

---

① 奈日特，音译；塞尔维亚语原文是 Nežit，法语版译作 Néjit，英语版译作 Deuce，意思是“魔鬼”。

② 巴纳特是中欧潘诺尼亚平原的一部分，现在分属三国领土：东部罗马尼亚、西部塞尔维亚、北部匈牙利；卡拉什河则是多瑙河的一条支流，流经塞尔维亚和罗马尼亚。

③ 塞尔维亚语原文是：Nepomenik，Tamo on，Kamen mu u zube，Brat božji，Nečastivi；英语版译作：Unmentionable，Him There，Rock in His Teeth，God's Brother。

④ 黑山是巴尔干半岛西南部、亚得里亚海东岸上的一个多山小国，在历史上是巴尔干地区唯一没有被奥斯曼帝国征服的国家，曾为南斯拉夫六个加盟共和国之一。

个兄弟都讲一种不同的语言。

他栽种黑草莓，爱好搞恶作剧，喜欢把汤羹烧焦以及出门抄近路。小孩子一旦做梦梦见他，就会尿湿床褥。他懂得动物的语言，热爱音乐，遭受女人们憎恨。她们认为他是女人身男人头，所以会把他密封在一个瓶子里；不过，她们会把灵魂出卖给他，因为他知道夏娃被逐出伊甸园是在亚当被逐很久之后；另外，他能拿他从裤裆里甩出来的尾巴，或是他从裤裆里甩出来的随便什么东西当鞭子抽。他是个犁田好手，能把一条河的河床犁个底朝天。他惧怕黑色的狗，惧怕公鸡叫；他喜欢坐在水磨房的秤上。他从不寻求伙伴，而是伙伴寻找他，尽管人们害怕他。他们会说："如果他抓住你的衬衣——立即割断它！"

他害怕山楂树和有黑色刀鞘的刀子。他投在地上的影子是一匹马，而且无论到哪儿都安闲自得，但是孩子们总取笑他，嚷嚷着："娇滴滴，娇滴滴！去啃白母马！"

年轻的时候，他曾用一根木棍和一块山羊皮造了一匹狼，然而那匹狼从未离开过地面。后来他在梦里向上帝祈祷，因为他只有在梦里才相信上帝。上帝对他说："告诉你的狼，'往你父亲身上扑！'这样它就会变得生机勃勃。"

他依言而行；结果，那匹狼差点把他撕成碎片。

渔夫们为他献上圣餐仪式，不是在教堂里咽下圣体，而是将它吐进河里，并且说："我给你圣餐礼，你给我鱼！"

人们说他喜欢恶意中伤别人，但他害怕野蔷薇、斑点小狗和黑色皮带。如果有人打了他耳光，他会把另一边脸转过来也让人打，但是人们知道这种事从未发生过，所以他们从来不敢打他第二下，因为那样的话，就会再有两个他这种东西降生到世上。这种事他们留给女人去做，女人会下狠劲揍他，直到把他的尾巴揍得掉下来；当这种事最终发生时，他就用他的尾巴造出一个绝世无双、极其美丽的姑娘。这姑娘名叫佩特拉·阿拉乌普，住在的里雅斯特。他喜欢在十字路口自吹自擂："上帝按他的形象和模样造了男人，瞧瞧男人是多么丑陋；我用我的尾巴造了我妹妹，瞧瞧她长得多漂亮。"

一个暴风雨之夜，他让佩特拉做了他的妻子；她将这只公鸡的蛋在腋窝里夹了三个月，而且从来不洗。那只蛋孵出一个长着母牛耳朵的小孩。这小孩长得跟自己的父亲一模一样。除了这个孩子，奈日特另外还有一个孩子。他是谎言之父。他从来不对憎恨他的人做坏事，只对他的家人和爱他的人做坏事。《尼什[①]志》中编写有他的传记（参见《尼什教区传闻录》中的"塞尔维亚魔鬼史"，帕弗勒·索夫里奇著）。

1813年，他厌倦了铁匠这个行当，就询问妻子佩特拉·阿拉乌普他该干什么。佩特拉·阿拉乌普对他悄悄说了一些话。于是，他穿上土耳其农夫穿的那种黄色翻口高筒鞋，骑着他的白牝马离开家，应征参加了拿破仑的骑兵。他被指派到哈拉拉姆皮耶·奥普伊奇上尉的部队，这支部队正在输掉那场在莱比锡进行的战争。

---

① 尼什（Niš），位于塞尔维亚南部尼沙瓦地区，是塞尔维亚第三大城市，也是巴尔干最古老的城市之一，自古以来被誉为连通东方和西方的一个门户。

16 号牌

塔

一天清早，泽蒙建筑物中的所有房间都被下了一整夜的雪映照得通明发亮，墙镜反射的炫目亮光使索福洛尼耶和耶丽赛纳很早就醒了。

那个下雪日早上吃早餐的时候，索福洛尼耶问她："为什么你哥哥从不来看望咱们？"

"因为他是奥地利军官，就是他用刀鞘刺伤你并把你倒吊在一棵树上的。他在很远的地方。正在追击法国人。"

"你怎么直到这会儿才告诉我啊？你为什么救我？"

看着索福洛尼耶一会儿像他外祖父那样咀嚼一口食物，一会儿又像他祖母一样咀嚼一口，她说道："女人有两种类型。这种情况就像女人拥有两种不同的性别，就像她们脚上穿着两只鞋子。

"你可以把第一种类型的女人称为胜利者的妻子。她没有父亲。她总是遵从自己的丈夫，敬慕他，把他当作强有力的人，当作亚当和她的子女的父亲，当作对他为之命名的动物世界的胜利，和对他与之搏斗的大自然的胜利。她没有忘记大地的肚脐存在于何处。她通过丈夫拥有权势和财富。想到她男人的时候，她会沉思：他的时日是长久的，他在其中拥有的夜晚比我拥有的更多；她鄙视她的儿子，因为他们软弱，如同该隐与亚伯那样不和睦，是一些既无权势又无影响力的孤僻家伙。想到她孩子的时候，她会默想：让他们像犁地一样把他们的影子翻过来，用汗水浇灌它们，以使它们成长吧。她还憎恶他们的同辈人，憎恶那整整一代用胡须塞住耳朵的人。当她选择时，她不会选择她最爱的那个人，而是选择她父亲或儿子最憎恶的那个人。她的爱依附于阴蒂，意味着不顾怀孕后果的欢娱。

"你可以把另一种类型的女人称为胜利者的女儿。她爱恋着那个父亲，那个可以这样评说自己的人：'早在我成熟之前，我就很博学了。'在他身上，她看到一位创造者、胜利者、权力行使者，这位权力行使者围绕着她和他自己，熟练地编织着毫无异议的亲缘关系。她蔑视自己的丈夫。尽管他可能是个优秀男人，在他从事的行当里是个了不起的高手，但这个女人说起他来却是：‘每个人都可以迎着他的目光责骂他，用音乐榨干他的灵魂，蓟草都会从他耳朵里长出来！’她不原谅他是一个孤僻不合群的人。谁会需要一个既无权势又无影响力的家伙，一个在权威方面连个阉人都比不上的家伙呢？出于同样的理由，她对她的兄弟和他们的同辈人也很鄙视。谈到他们，她如是说：他们曾处在时间的束缚之下，而后来消除了这种束缚。然而，她敬慕她儿子和儿子的同辈人，因为他们的时日都是孪生的；在他们身上，她看到一种崭新的了不起的亲缘关系，由那种与她父亲拥有的兄弟情谊相类似的精神所联结；在他们身上，她看到了未来的胜利者。他们已经把四季干枯的汗水和四方的狂风统统甩在了身后；她觉得，现在他们是自由的，因为对她来说，权势和财富的获得要么通过父亲，要么通过儿子。她通常会在她儿子某个朋友的床上完结此生。当她选择时，她不选择她最爱的那个人，而选择她的丈夫或她的兄弟最憎恶的那一个……她的爱依附于子宫，意味着不顾及欢娱的怀孕。”

“那么你呢，你属于这两种类型中的哪一种？你是哪种性别？”索福洛尼耶战战兢兢地问。

“哪种也不是。在某种意义上我没有性别。而且，至少就目前来说，我是个例外。我是‘第三只鞋’。当我选择时，我选择我最爱的那个人。”

“如此说来，‘第三只鞋’真的存在啊！”

“是的。我努力做到不像别的女人那样行事。我不要遵守那些在胜利者和战败者之间世代交替的法则，因为那是属于男性物种的行为准则。我知道，对男人来说，世界发生在别的人身上，而对女人来说，世界则发生在她们自己内心。我知道，当夜间植物的影子高高耸入天空时，我就是那战败者的女儿。而且，无论大伙怎样，我都会爱慕我父亲。”

“可你知不知道在上个世纪的那次战争我父亲杀死了你的父亲？”

“别人不能为此去谴责你，却可以谴责我哥哥——奥地利军队中的帕纳·泰奈茨基上尉，他嗜杀成性，就像你的父亲——法国骑兵部队中的哈拉拉姆皮耶·奥普伊奇上尉。关于他们，谴责会随着时间流逝而被人们想起。正是因为这个，我受不了我兄弟和他们的专制君主、由得胜的朋友们组成的骄横部队；而他们，反过来，也受不了我。他们的妻子也受不了我。我甚至都不敢去想我的孩子和他们的孩子，如果他们赢了这场你和你的亲人正在失败的战争，孩子们就会受制于他们赖以取胜的暴力。如果我能够，我宁愿在我未来儿子的某个柔弱同辈的床上完结此生，更像一位母亲而非一个情人，就如同我选择你作为一个强大、得胜的父亲的柔弱儿子一样。我之所以选了你，是因为你没有被你的母亲、姐妹或情人们所爱，而且你也不会被自己的女儿所爱，假如我们会有一个女儿的话。如果我失败了，如果我被迫重归我得胜的兄弟们所属的那个强大的群体——与我同辈的所有女人都属于这个群体，你父亲也同样属于这个群体——那将是我遭受的最大失败和最糟糕的惩罚。对我来说，倘若我不得不拿掉那‘第三只鞋’，我的路也就走到了尽头。

“不过，千万别为我担心。我们还是来看看你，看看我们俩身在何处吧。你想返回你的部队，那支仍在撤退、朝着西北方向行军的部队。这一切必将在法国某个地方结束。我不知道法国是不是你的国家，但我确实知道你在法国军队中当兵。我还知道国家是一种必要的灾祸。对一个国家，你能期望的至多不过是它别往你的饭汤里吐口水。而战争呢？为了民族，你会说，你是在为本民族的荣誉而战。什么是民族？瞧瞧我。我十七岁。我是人类的同龄人，因为人类永远是十七岁。这就是说，民族是一个永恒不变的孩子。它一直在成长，而它的语言、它的精神、它的记忆，甚至还有它的未来，对于它来说就像衣服，总是会显得过于窄小。就是由于这个原因，一个民族必须一直更改它的服装，因为它的服装总是在变得太短、太紧，并在接缝处绽开。这是既艰难又欢悦的事情。你会想：语言呢？在梦中，所有的语言我们都懂。梦是我们在巴别塔之前的家园。在梦里，我们全都说一种语言，属于我们所有人——活人和死者的唯一一种了不起的原初语言……所以，战争的意义究竟是什么？为什么要逆历史的潮流而行？任何谋杀终归都是一种自杀。”

“你是想说服我放弃军人的使命吗？”

“是的。我想要你离开军队。那使命是你父亲的，不是你的。让我们从塔上跳入火里吧，跳离战败和灾难，跳离这些你枉自相信会保护我们、会给我们安全和财富的东西。让我们从头开始吧。”

“亲爱的，你知道我在战争中也明白了一些事。在部队里，我那些比别人先死的同辈都是比较聪明的人，也比其他人更了解周围的世界；我们就是这样识别他们、并意识到他们不久就会被杀死。他们知道，所有的谋杀都伴随着某种上千年的预谋……别的人，那些会死得晚一些的，都是比较愚笨的人。不过，这些事情跟这些人或其他人天生具有的聪明或愚钝之间，没有任何关系。所以，存在两种情况。我们属于后一种情况。”

“你是什么意思？”

“我们是幸福的恋人。难道不是吗？幸福使人愚笨。幸福和睿智不会同时存在，正如身体和思想不会共存。因为，只有痛苦才是身体的思想。换言之，幸福的人会变成愚笨的人。只有当恋人厌倦了自己的幸福，他们才会重新变得聪明，假如聪明就是他们幸福之外的状态。所以，我们不必急着决定该不该把我的军刀卸下……阶段才是主人，人不过是它们的仆从……”

在泽蒙，在那个冬日的早上，的里雅斯特的愚蠢的小奥普伊奇中尉这样说道，根本没有注意到他的马刀已经卸下。

17 号牌

星　星

索福洛尼耶·奥普伊奇中尉卸下马刀并放弃军旅生涯之后，他和耶丽赛纳·泰奈茨基找到一小块土地耕种，并在那里定居下来。

一天晚上，他们吃了一块用野生栗子和苦涩橙子制作的馅饼，吃了些略显浓稠但十分美味的新鲜蜂蜜，蜂蜜被压成月亮形状，出自他们自己家的蜂房。他们躺在床上，在黑暗中聊着愚蠢的星象和智慧的星象。窗户敞开着，窗帘深深地飘入室内，鼓胀得如同怀孕一般，裹在里面的则是静谧的夜风。索福洛尼耶回想起当他还是个孩子的时候，在的里雅斯特他怎样用下巴和双手紧扣着门把手，在巨大的门框上荡来荡去的情景。但是一如往常，他们随即就沉浸在《一千零一夜》的故事里。他们试图推算出谢赫拉扎德是在哪一夜怀上了哈伦[1]的孩子，又是在哪个故事里讲述了那一夜发生的事情。不过，他们的推算从来没有得出确切的结果，因为他们拥有的夜晚总是太少，觉也从来睡不足。他们飞快地过着日子——天天有四季，就如耶丽赛纳常讲的那样。

那天晚上，他们还聊到另一个话题，相互交流看法。哈拉拉姆皮耶·奥普伊奇上尉写了一封书信，以便他们哪一天不期而遇时，他能够给认出来。他在信中透露说，他正在读贺拉斯[2]、吹黑管；除了上千种诸如此类的花絮趣闻，他还表示希望能见到他们：与他未来的儿媳妇将是初次相见，与他的儿子则是在多年之后再次相逢。这位父亲已被调到一支小分队，护送一位负有外交使命的特使前往君士坦丁堡；行程会使他们经过耶丽赛纳和索福洛尼耶居住的地区……然而，让耶丽赛纳大为惊讶的是，小奥普伊奇很不情愿回复他父亲的来信。有时候，她觉得索福洛尼耶有事瞒着她。

索福洛尼耶确实隐藏着一些事情。同样的事情他也瞒着其他所有人，瞒着整个世界，那就是：出现在他心脏下面的小小

---

① 谢赫拉扎德是《一千零一夜》中给国王讲故事的王后；哈伦的全名是“哈伦·阿尔·拉希德”（约 764—809），阿拔斯王朝的第五代哈里发，据说他在很多方面是《一千零一夜》中国王沙赫亚尔的原型。

② 贺拉斯（前 65—前 8），古罗马诗人。

饥渴，这种饥渴在他灵魂深处转化成一种微痛。偶尔，他会把自己一个人关在他的房间里，做一些事情，等待邮差，或者到某个地方待上一两天。夜里，他会倾听磁暴现象①造成的音乐，那阵阵狂风和回声向他展示出地底下的通道、迷宫和在很久以前被毁灭并从地面上抹去的完整城镇；而且，他会由阴冷的笑声和地下灼热气味的引导，漫游在这些城镇被湮没的街巷里。或者，他会通过岩石和沙子聆听各种血型的矿石齐奏的嗡嗡声，而这只不过是很久以前沉没在潘诺尼亚海底②的陆地的回声。那片海早已不复存在，却像脐带一样保护着它与两个亚特兰蒂斯③的联系。

在那块土地上，耶丽赛纳的影子映照在奶牛和山羊的眼眸里，映照在蛇和狗的眼睛里。她注意到索福洛尼耶内心有种焦躁不安。他的行为举止和说话方式在他们家的不同房间里表现得截然不同，那些房间的门锁和把手宛如没上子弹的手枪，发出噼噼啪啪的响声。在不同的房门后面，他会变成一个完全不同的人。在厨房，他只说土耳其语；在客厅，他讲耶丽赛纳母亲所说的语言，那是跟他的这个情人学会的；在书房，他会保持安静。夜间，他会一丝不挂躺在床上，浑身滚烫，活像燃烧未熄的余烬；然而一旦入睡，他身体则会像一座大火炉一般慢

① 由太阳耀斑、太阳黑子活动引起的地球磁场大扰动。

② 潘诺尼亚海是古代的一片浅海，位于中欧今天被称作潘诺尼亚大平原一带。

③ 亚特兰蒂斯，系古代失落的帝国，据说位于大西洋直布罗陀海峡以西，已沉入海底。

慢冷却。天亮前，当他用希腊语大吼大叫时，耶丽赛纳就得像照管一个小孩那样给他盖好被子。

一天下午，她亲吻他，他却退缩了。

“你嘴巴里是什么东西？”他问道。

“一块藏着你的秘密的卵石。难道你忘了我随身携带着你的秘密？这段时间以来我一直对它呵护有加。所以现在告诉我那秘密是什么吧。它就像一封瓶中信，在你心里藏得时间太久了。你究竟因为什么总是为你的秘密而苦恼？一切秘密都是由它们自身固有的羞怯保守着的。最好还是让秘密自己管理自己吧。”

“好的，”他下了决心，“到后天早上，在你把新烤的面包带给伙计们，而我也出门去种植园散步的时候，我会想出一个办法的。因为这可不是小事……”

事情果然如此。他出门去了种植园，给干体力活的伙计们带去用七种罕见药草泡制的白兰地。翌日清晨，伙计们一早就饿了，而耶丽赛纳还没有把面包送到。他们请求索福洛尼耶给点东西，让他们先垫垫饥肠，他感到满心欢喜。当时他们正坐在一棵无花果树下，他就说：“结出果实，结出无花果，让干活的人们有东西吃吧！”

这些话出自他小时候听过的一个故事。

那棵树果真提前两个月结了几个无花果，于是他们就吃了。用马车送那天早上吃的面包和菜肴的耶丽赛纳，则是在两个月后才到达……

她肩上挑着两个从车上取下来的大水罐，一只脚走在水里，另一只走在与那些田产毗邻的湖岸上。她根本没发现已经过去了那么长时间。但她比以前显得更漂亮了。

“你想出办法了吗？”她问他，同时自言自语地咕哝，“嘴巴里有种苦味，简直就像整个人住在里面似的！”

“是的，我想了一个办法。”他回答，“你得用你的嘴巴来听，而不是用耳朵。”

“你是什么意思？”

“这就是办法啊。我要用我的语言为你吟诵一首诗，而你则会用你母亲的语言来听。”

“这可是两种不同的语言。”她回应说。

“这正是全部关键所在。只要你做好了听的准备，你就会在两种语言之间的无声地带发现真理。寂静的海洋在语言之间主宰着一切。我已经把这首诗作了整理，以便让你听到的词句在我的语言和你母亲的语言中拥有完全相同的声调，但在你母亲的语言中，它们却会表达出迥然不同的含义。而且，它们会把我的秘密披露无遗。它们在我的语言中所具有的含义完全是无关紧要的。”

接着，他就开始了吟诵：

我祈求你，上帝之母，天国的女王，
切莫把你的目光转向她，转向我的恋人，
切莫听从她的恳求
也切莫在你的祈祷文里讲到她！

让你的灵魂察觉不出地飞翔
在她会做的事情之上。
因为我的恋人将会做的事情
是那么的可怕，我都不敢
去想或去了解是什么样的事情。
如果你想为她、为我的恋人说情，
你就该晓得她的一切，我不敢知道的一切。
如果你为她和她的罪孽祈祷，
我这个向你祈祷的人也必须晓得那些罪孽。
我祈求你，上帝之母，天国的女王，
切莫把你的目光转向她，转向我的恋人！

耶丽赛纳仔细听着他的吟诵，眉头缓缓舒展，因为她意识到他的强烈欲望中并不存在某个女人，或者更确切地说，他的欲望囊括了全部女人以及她们心里的所有人。她发现，吸引着他走向未来的是某种别的东西，某种真正令人陶醉又无法抗拒的东西。他们一回到家里，她就从衣橱里拿出索福洛尼耶的黄色骑兵靴，并打理好他们的旅行箱。

“我们要跟着你的父亲前往君士坦丁堡。去找那根镶着紫铜盾牌的石柱。”

18 号牌

月　亮

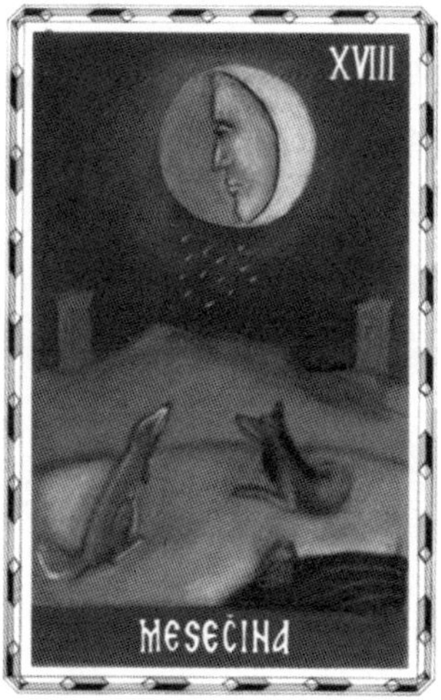

那是一年中被称作“小麦与黑麦之间”的季节，耶丽赛纳·泰奈茨基和她的恋人动身前往东方，走近检疫站所在地，他们计划在那里的一家客栈等候哈拉拉姆皮耶·奥普伊奇上尉以及由他护送的代表团。耶丽赛纳睡在马车上，车上满载着日常用品；小奥普伊奇则骑在马上。他每时每刻都能感觉到两条大路在他的马蹄下发出的不绝声响；向东延伸的罗马军团大路犹如一道听得见声音的阴影，在上面那层通往君士坦丁堡的大路底下发出回响。

旅途让他们穿过一个在冬季被称作“犬与狼之间”的地区，他们看见远处有两座塔，分别坐落在路两边；恰在此时，他们突然听见了枪声。小奥普伊奇策马前行，在大路拐弯的地方看见一条河。那条河散发着鱼子的气息，水面上漂浮着许多胡桃；那一年的胡桃长得特别多，以致压断了结满胡桃的树枝，使树下的水里落满果子和树叶。河岸上卧着一座巨大破败的客栈，宛如一只蜘蛛悬吊在它的红色烟囱冒出的青烟上面；客栈前面，一些旅客正对着河水中什么东西开枪射击。

“别，别、别让它，别让它过河！”其中一位结巴着喊叫。

“噢上帝，它在那儿，它成功了！”另一位用呻吟般的声音说，同时往他的来复枪里装子弹。

索福洛尼耶·奥普伊奇推断，这肯定只是某种闲来无事的玩乐；他走进那家客栈，询问有没有房间。

“正好还有一间。”客栈老板说。他把耶丽赛纳和索福洛尼耶领到楼上，那里环绕着用鹅卵石铺就的露台。鹅卵石早已被杂草覆盖，那个房间一度被涂成了绿色。房间里有个通过从外面烧牛粪和秸秆来加热的炉子，炉膛里有一个烧水用的台子。

“客栈最好的房间。”客栈伙计说道，他的眼睛却不知为何总瞧着旁边，一副想要吐痰的样子。

“我看到你们这儿在搞射击练习。”吃晚饭时，索福洛尼耶对那个在河边叫喊最多的男子说。

“你不……不懂，先生，”那男子回答，“明天等你适应了新环境，你也会去……去……去射击的。告诉我，他们给了你哪……哪个房间？”

“不会是那个绿房间吧？”另一位旅客插嘴道，“要晓得，如果你住在那个绿房间，小心你今天夜里做的梦。”

“可否请教，我为什么要小心呢？”奥普伊奇笑着问道。

“我们这些在检疫站这里等待的人全都进过那个房间，而且马上要求换到了其他房间。不管是谁在那个房间过夜，都会梦到同样的事。”

“我倒是很想知道，那是什么事呢？”索福洛尼耶继续用开玩笑的口吻说。

“你可真是个倔家伙！”又一位男子说道，“他们做梦梦到一个人，我的好伙计，一个一模一样的男子，身上散发着胡桃的气味。他的猪尾巴小辫上卡着一只珍珠蝴蝶。这男子身穿军官制服，试图杀死在那个房间梦见他的每个人。他也想用他的马刀干掉我，但是我及时醒了过来。有些人就没醒过来。”

“他们怎么了？”

“他们变成了结……结巴，”在河边待过的那个男子回答，“我们就是因为这……这个才开枪射击的。”

“你们在射击什么东西？”耶丽赛纳也哈哈笑着问。

“胡桃壳。恶灵利用那些胡桃壳载着他们从土耳其那边摆渡过来。因为恶灵自己没法过河，所以就用胡桃壳载着他们……昨天有一位客人，从泽蒙来的，梦到绿房间里的那个家伙，并把他认了出来。这位客人说，他梦见的那个伙计在泽蒙拥有一家铸钟工厂。”

“哼，女巫用胡桃壳当小船使，而你们却想阻止那个巫师！都是白费劲！他们这类东西坐着鸡蛋壳都能过河。”耶丽赛纳嘲笑了他们所有人，然而第二天早上，她同样是面色苍白地醒来的。

那天夜里，她和小奥普伊奇上床很早。仰面躺在绿莹莹的月光中，她能感觉到凝聚在河上的各种气息，清淡的气息在上，浓重的气息在下：先是焦油、河水和污泥的气息，接着是青烟的气息，最后是浮在河面上的浓烈的欧椴树的气息。甚至连月光也含有三种气息，那是当天夜里月亮三次盈亏变化的混合物。河水的潮气通过窗户渗入房间；在客栈某个地方，有人吹起了黑管。那人非常轻柔地吹奏着他们的歌曲——《记忆是灵魂的汗水》，索福洛尼耶·奥普伊奇将耶丽赛纳的一束头发塞进自己嘴里。他趴在床上，为这首乐曲居然出现在这样一个地方而感到惊讶。他同时感到自己和自己心里那种可怕的欲望正在逐渐老化，感到夜晚把他带回过去的某些时光，白昼把他拖往相反的方向，而未来犹如一种黑暗，在他的每一个脚步前面缓缓退去。他因为并不确实的理由而替耶丽赛纳担忧，他感受着床底下灰尘的味道和客栈下面朽烂之物的味道。他听到螃蟹从河里爬上沐浴着月光的河岸，他的嗅觉向着愈来愈深远的地方开进，与地底下潮湿的银矿和燃烧过的岩石散发的气息不期而遇。他能感觉到：地下的天然气如何把石油冲上大地子宫的侧壁，朽腐植物、硫磺和富含铁矿的滚烫之水的气息如何层层相叠。天刚亮之前，躺在床上他旁边的耶丽赛纳大叫大嚷，把他给吵醒了：

“多奇怪的地方啊！毫无知觉的雨水，毫无知觉的太阳！我梦见他了。”她说。

“你怎么知道那就是他呢？”

“他的猪尾巴小辫上卡着那种珍珠蝴蝶……他的腰带下塞着一本书，我想那应该是一本诗集……”

“他攻击你了吗？”

“没有。正好相反，一看到我，他就吓死了。”

突然，外边传来一声清脆的枪响。奥普伊奇从床上起来，越过露台上的栏杆张望，随即呆住了。客栈里那些旅客正朝着索福洛尼耶的父亲开枪。耶丽赛纳叫道：“就是他！我认得他！他的头发上卡着珍珠蝴蝶！”

索福洛尼耶严厉地反驳：“住嘴！那是我父亲，那些笨蛋想杀了他！”

他抓起一杆来复枪。

然而哈拉拉姆皮耶·奥普伊奇上尉根本不需要帮助。他的骑兵转瞬间就解除了那伙人的武装，一记漂亮、沉重的耳光扇在那个朝上尉开过枪的结巴家伙脸上，打得那家伙再也不结巴了。然后，他们把法国特使那辆奢华马车带进客栈的院子。马车上覆盖着一英寸厚的金箔和两英寸厚的泥泞。他们打开车门并放下踏板，最先出来的是一只紫色靴子，接着一位少年跳下车，他身穿蓝色束腰大衣，腰间系着一条丝绸面纱。悄声细语的议论随即传开，说这个少年是皇帝陛下拿破仑的特使，带着使命准备前往君士坦丁堡。

19 号牌

太 阳

“你们真是又漂亮又幸福的一对。衷心希望你们经历过的一切都称心如意。”哈拉拉姆皮耶·奥普伊奇上尉在儿子向他介绍耶丽赛纳时，如此说道。

奥普伊奇上尉坐在客栈里，抽着他的绿色烟斗。他仍然戴着血污斑斑的马刺，那天早上是马刺保护了他，没让那颗出乎意料的子弹要了他的命。他熊腰虎背，强壮得堪比一座砖石垒砌的火炉，尽管他岁数已经到了“时间陡增期”，起先是十年没有任何变化，然后是一夜等于十年。他能扛着一头驴过桥，就像他喜欢开玩笑一样。待在检疫站的那些旅客胆战心惊地盯着他的猪尾巴小辫和那个装饰小辫的珍珠蝴蝶，嗅着他身上持续不绝地散发出来的胡桃气味；耶丽赛纳满怀惊讶地盯着他掖在腰带下面的那本小小的贺拉斯诗集。在此期间，上尉热情地为客栈里的所有人点了主餐，包括那位在自己房间里用晚餐的特使。

此次前往君士坦丁堡，法国特使带着他的书记员同行，而上尉则带着五个脚蹬红色皮靴的骑兵，仿佛要去参加婚礼似的，另外还有一个骑兵脚上穿的是土耳其农民穿的黄色鞋子。他们这伙人追击、逃跑和应对最糟糕的状况都很在行。奥普伊奇上尉还带着一位姑娘，姑娘的乌黑头发上插着灰颜色的奇异花朵，而且她胸部特别丰满，自己都能咬到自己的乳头了。他们都叫她杜尼娅。刚一看见耶丽赛纳和小奥普伊奇，她就因为耶丽赛纳脖子上挂着的那个“第三只鞋”而忍俊不禁，笑出了声；接着，她向索福洛尼耶询问他的伤口怎么样了。耶丽赛纳由此明白，上尉随行人员中的这个姑娘是这位父亲曾经隔着三个战场派到他儿子身边的疗伤者之一；她还认出，杜尼娅有一绺头发正是长在她的索福洛尼耶肩膀上的那种，那绺头发点缀着一模一样的灰色小星星。

“你还记得咱们跟叶芙多吉雅共进晚餐的情景吗？”杜尼娅问索福洛尼耶，她那双金色眼睛盯着耶丽赛纳，看上去俨然一只煮熟的鸡蛋切成的两个半块。

“让我们来瞧瞧。”上尉说着扳了扳手指头，率先享用起了他的晚餐；他的手指非常粗实，连戒指都没戴（因为戴戒指会妨碍他使马刀）。

“让我们来瞧瞧。首先，给每人一份有花白龙须菜和口条的麸皮汤……哦，要是你们已经吃过这种汤，那就给我们上一些掺有少许土的面包吧。关于对祖国的爱，我的儿子，是这样的：一切都为了民族，一切又无关于民族！喂，小伙子，赶快给我弄两碗热腾腾的上帝之泪，一份裹着面包屑的凝视，那种苦涩的一个钟头就老化的凝视，配上柠檬。还有用萨瓦河[1]河水煮的豆子。你们没有萨瓦河的河水？太遗憾了！那就给我来些撒面包屑的蚕豆……给泰奈茨基小姐上一些裹面包屑的牡蛎。给我的杜尼娅上叶芙多吉雅想吃的任何东西。还有，最重要的，上一些加蜂蜜的荨麻茶。”

“这可能是我父亲吗？”索福洛尼耶满腹狐疑。他回想起自己的孩提时代，回想起在的里雅斯特他们家的卧室里，父亲如何在黑暗中躺在妻子帕拉斯凯娃·奥普伊奇身边，抬起头倾听。索福洛尼耶现在终于明白他父亲在以往那些年里一直倾听的是什么了。而且他也明白了，在夜晚的黑暗中，他母亲为什么会把他父亲的头按回枕头上。老奥普伊奇一直倾听的，是从楼梯脚下传来的一条裙子的窸窣声。

“至于那些待在塞尔维亚的人们，”上尉继续说，“为了他们能够买到属于他们自己的火药，我把我消耗法国人的火药所挣到的酬金统统送给了他们。喂，小伙子，把这几把刀子磨

① 萨瓦河，巴尔干半岛西部的一条大河，流经斯洛文尼亚、克罗地亚、波斯尼亚和黑塞哥维那及塞尔维亚的北部，在贝尔格莱德汇入多瑙河。

一磨，要锋利到我可以用它们去削燃烧着的蜡烛芯。另外再给我们拿几把黑色汤勺。我喜欢黑汤勺，它们是最漂亮的，不是吗，泰奈茨基小姐？快点，赶紧的，赶紧的，伙计！明天拂晓，住在这儿的所有人都会背起行囊，踏上旅程，而最先溜走的那个人是他……”

上尉还没把菜点好，忽然，一群妇女带着一头熊闯进客栈，后面还跟着一个穿法式束腰大衣的男子。他们自称是一个巡回演出剧团。

“这种表演，你们应该知道，所需费用一直是我们的恩主——哈拉拉姆皮耶·奥普伊奇上尉支付的。”那个身穿束腰大衣的男子说道，“他是一位了不起的舞台鉴赏家，如今他正在西里西亚①的某个地方。因此，我们将为诸位献上一出恐怖剧，剧名叫做《奥普伊奇上尉的三死》。”

奥普伊奇上尉用一阵狂笑对这番说辞作出回应，并转身对这些演员说：

“表演吧，我的孩子们，但愿你们的文辞能在我们的梦里获得安宁，但愿它们能在我们的血液里找到温暖，再遭受一会儿生的痛苦！”

于是，一个女子转向那个假扮的奥普伊奇上尉，也就是那个身穿法式束腰大衣的男子，说道：

“你的先祖，上尉，每一位都是只有一个死。而你却不

---

① 西里西亚，中欧的一个历史地域名称，奥得河及其支流几乎流经整个地区，目前，该地域的绝大部分地区属于波兰，小部分则属于捷克和德国。

同！你会有三个死，它们就在这里。”（这样说着，她指了指戏班里的另外三个女人。）“这边这位老妇人，这位美人和这个小姑娘，她们就是你的三个死。好好看看她们吧……”

“那么这就是我将留下的一切吗？”真奥普伊奇上尉打断表演，问道。

“是的。全都在这儿。”

“真不少啊！”奥普伊奇上尉再次打断说。

“但是要当心，上尉，对你自己的这些死，你是不会注意到的，你会穿过它们，就像穿过凯旋门，而且你会继续你的旅程，如同什么都未曾发生一样。”

“在我第三次死亡之后会发生什么，在我又一次被吸过血之后？”上尉打断她的话，再次为那些演员和客栈里那些旅客的惊惶失措而扬扬自得。

“上尉，对于你和其他人来说，你会暂时看上去似乎还活着，似乎什么都未曾发生过，直到你经历了你的最后之恋，直到一个你能够与她生育后代的女人爱上了你。到那时，在那个刹那之间，你将会从这个世界上彻底消失，因为‘第三个灵魂’不能生育后代，正如被再次吸过血的人不可能有孩子……”

忽然，从上面的天花板上传来吹黑管的声音。这一次，是有人在吹海顿的《圣安东尼圣咏》。一听见这首乐曲，上尉如同被烫着似的一跃而起。他制止了表演，急促地解散了那伙演员，然后跑着冲上那个镶嵌着鹅卵石的露台。

不一会儿，他又走进餐厅，胳膊上挽着一位女士。这位女士抱着一只蓝枕头，深深的乳沟边上点缀着几颗香气四溢的人造美人痣；还有，她把耳朵上的小洞都涂成了红色。上尉另一条胳膊挽着一名年轻男子，该男子长着一头俊美的波浪形鬈发，穿着奥地利轻骑兵的制服。

杜尼娅一见他们和上尉一起出现，就暗自惊呼，而上尉的新客人抱在怀中那只枕头上的铃铛则叮当作响。接着，他们听到奥普伊奇上尉突然开口了。上尉用一种变了嗓音、仿佛在教堂里咏唱一般的声音说：

在焦虑中，我的保护女神，
　　我穿越了巨大的空间，
无论哪里我都找不到避难之处，
　　也寻不到掩蔽之所。
艰辛的是孤身一人，孤身一人
　　在你们塞尔维亚人中间
我曾带给你一枚唱歌的戒指
　　你面纱后面的双眼却并不看我。
青春闪耀不是为了你的诗人
　　哪怕是在年华老去之时
你的可怕的梦境召唤我
　　从我的梦里
如今，我看到我的心儿升起
　　在令人苦痛的夜晚
然后又渐渐沉落
　　伴随着野蛮人的祈祷声。

说完这段话，上尉介绍这两位新来的旅客是斯雷姆地区卡尔洛夫奇的拉斯蒂娜·卡洛佩罗维奇夫人和她儿子阿尔瑟尼耶，奥地利军队中的少尉，他们因为此刻所发生的机缘巧合，长久以来是第一次，一个邂逅了自己的女儿，一个邂逅了自己的妹妹，就是眼前的这位杜尼娅·卡洛佩罗维奇。杜尼娅起身走向两位新来的人，吻了吻她母亲那只带铃铛穗饰的蓝枕头和她哥哥的嘴；然后，他们都坐下来。

“我都认不出你了。简直就像第一次见到你。自从你变成我同母异父的妹妹，你长得更漂亮了。”阿尔瑟尼耶对杜尼娅说，“我给你带了一些东西来。你的耳环。你想不想把它们戴上？”

“现在不戴。耳朵每次被耳环穿过，都会失去它们的贞洁；总会出一点点血。”杜尼娅微笑着说。

对少尉阿尔瑟尼耶来说，这微笑看着就像一种她用无与伦比的技巧加以演奏的陌生而贵重的乐器。杜尼娅望着她同母异父兄弟的眼睛，吻了吻她餐盘里的那把黑汤勺，仿佛她吻的就是阿尔瑟尼耶。

他已经注意到我的脚了，坐在餐桌另一端的耶丽赛纳·泰奈茨基一边吃着牡蛎，一边懊恼地想；她惊愕地盯着奥普伊奇上尉。“难道这就是杀死我父亲的那个男人？”

仿佛听到这个疑问，老奥普伊奇端起酒杯站起身来，开始致祝酒辞。

“***Mesdames***[1]，你们肯定在想，此刻站在你们面前的这个

---

① 法语，意为：女士们。

人，他的灵魂是否沾满了烟灰。***Permettez-moi l'opportunite de vous expliquer mon cas ...***[①]我曾经唱过终身受益的教堂歌曲，后来不再唱了。我曾经喝过有益于两辈子的葡萄酒，后来把我的两个葡萄园都拔除了。我曾经拿着古斯尔小提琴[②]胡乱拉了个够，然后把琴搞碎了。现在，我可以说我所有想说的话了……正如你们所知，你们女性经常向这场战争中闻名遐迩的军官要求一绺头发，作为对他们的纪念。毋庸置疑，我们这儿有些人所经历的情况却并不一样；我们有时会在我们受伤的身体上弄一绺女性的头发，作为女人救治过我们的标志。这绺男性头发和女性头发背后所隐含的则是我们士兵与那些统治我们的人之间的差别。因为人可以划分为杀人的人和仇恨人的人。作为士兵，我们属于那种没有天赋、但能杀人的种类，相比于那些有天赋并知道怎么去仇恨的掌权者，我们不过是平庸的乌合之众。你可以教一个人怎么把军刀耍得快过餐叉。但教人仇恨却需要耗掉数代人。仇恨是一种天赋。就像美妙的嗓音。天赋比任何军刀都要危险。如果我有这种天赋，我就不会是一介士兵，我会在堪比天堂的多瑙河的另一边，在你们的泽蒙，去制造钟铃，泰奈茨基小姐；我会用最美丽的钟来饮酒，我的一只耳朵会长出一株柳树，另一只耳朵会长出葡萄；而且我不会介意那只站立在你们家的铸造工厂屋顶上的铁公鸡。我会快活地坐在我的小划子上，一边捕捉聪明的鱼儿，一边狠狠地仇恨

---

① 法语，意为：请允许我借此机会做个自我介绍。

② 古斯尔，流传于巴尔干半岛的一种弓弦乐器，多为单弦，少数地区为两根弦。

一些家伙，让他们的耳朵在巴黎某个地方掉下来。可是我缺乏仇恨的天赋，所以我必须杀掉我的那些敌人。当然，这些都是令人伤感的故事，而今天却是一个快乐的日子。经过了那么多年后，我又跟我的家人团聚了。我要藉此机会，同时为了我所爱的每个人的健康，干了这杯酒。*Vivat*[①]！”

奥普伊奇上尉将杯中酒一饮而尽，然后把酒杯从窗口一下子扔进河里。酒杯飞落到那些在黑暗中随波逐流的胡桃壳中间。

翌晨，河的对岸从薄雾中显现，沐浴在阳光下。对岸很高，底部备受河水侵蚀，上面部分则覆盖着高出水面的野草，如一道又长又静止不动的浪波，披着绿茵茵的泡沫。旅行队启程时，小奥普伊奇几乎一丝不挂地骑着他的小母马，这是他卸掉马刀之后所喜欢的骑马方式。他追上他父亲，询问晚餐账单是否已经结清，他得到的回答是：

“他们已经在四月份的一个礼拜二收掉我们每个人的餐费，我们得到的找零是一个钟头！……我原以为你会问我们希腊人和塞尔维亚人何时才能让自己解脱苦难，可你想知道的却只是晚餐。”

“那么我们何时才会让自己解脱苦难呢？”

“要等到所有塞尔维亚人的棺材都变成船的时候，等到塞尔维亚的每一棵李子树上都系着那样的船的时候。”

---

① 拉丁语，意为：万岁。

*　　*　　*

当这个朝着东方走去的旅行队经过希腊时——那里有阿托斯圣山，右边是大海环绕——人们在私底下议论说那位法国领事病倒了，说他家族中每一代男子都会比上一代早死一年，到了大人物这一代，家族中男子的寿命已降到二十九岁。

“如果试着去看太阳——你会发现它就像一面紫铜盾牌，当中有个黑魆魆的圆洞。”奥普伊奇上尉对儿子说，并且一边骑马前行，一边用他的皮靴捅了捅这个年轻人的皮靴。小奥普伊奇向他投来恐惧的目光，这位父亲却镇定自若地抬起他的手，指了指远处。

“那儿就是君士坦丁堡！在那里的法纳尔区①，克里索斯托神父②正在等候你们，他长袍底下有我的金币。为了你和泰奈茨基小姐的婚礼，我向他和他的圣殿贡奉了一份礼品。希望这能带给你们好运！”

---

① 法纳尔，原文为“Fanaru”，出自希腊语φανάριον，法文为“Fhanar”，意为：灯塔、灯柱。系金角湾中段西岸的一个历史悠久的地区；那里曾有许多建造于拜占庭和奥斯曼时期的木头住宅、教堂和犹太会堂，1453年君士坦丁堡陷落后，主要成为希腊人居住区；今属伊斯坦布尔的法蒂区（Fatih）。

② 克里索斯托，与早期教会著名的克里索斯托神父（John Chrysostom, c. 347—407）同名，约翰·克里索斯托担任过君士坦丁堡大主教，天主教和东正教封他为圣人；君士坦丁堡的圣索菲亚大教堂有用马赛克拼贴、拜占庭风格的他的圣像。

20 号牌

审　判

身在雅典去想君士坦丁堡，君士坦丁堡就是君士坦丁堡；身在罗马去想，它则是另外一座君士坦丁堡。

初秋时节，他们抵达这座恢宏的城市，安顿下来。这是一座三面临海、四面迎风、建造在大陆的两块延伸之地上的城市，映照着博斯普鲁斯海峡绿莹莹的镜面。夜晚仿佛卷袜子似的在他们那座俯瞰海水的房子里缓缓出现；当他们两个人去岸边买香熏精油时，那座房子就去数在海面上过往的船只和海风。耶丽赛纳非常喜欢购物；只要一有机会，他们就会在面向金角湾的埃及市场[①]正中央的那家小商铺前停下，一边喝着掺有大麻的白茶，一边观望孩子们不用鱼饵钓鱼。湾里的鱼特别多，那些孩子只需把空鱼钩抛进水里，然后把钓住的鱼拉出来。就是在那家店里，他们遇到一个奇怪的小个子男人，此人衬衣的领子是一根绳索；他们被告知，此人身上流着塞尔维亚人的血，信奉的却是土耳其人的宗教。这个男人每月有一次会穿过有顶大巴扎，来到金角湾，停在这家商店，购买香水。他与店老板之间的对话永远都是老一套，就像他们两个人是在重复某种祈祷文。

“他曾是个石匠，”店老板告诉他们，“然而现在他得了一种怪病。他睡觉的时候时间过得比他醒的时候快很多，他每度过一夜，至少相当于度过了十年；所以在君士坦丁堡这里，即便是最年长的老人也不知道他的年龄。或许他自己都不知道。”

那天下午，他们在那家商店看见他之前，他是以一副呆若木鸡的样子走进去的，说要买些东西。

“檀香木味？”当他把一个不透明的小玻璃瓶塞到一个更大的瓶底下并等候时，香水商问道。他们一起在朦胧暗影中等待，可是什么都没发生。后来，正当这位顾客打算放弃并且离

① 君士坦丁堡（即伊斯坦布尔），是唯一一座横跨欧亚大陆的大城市，被马尔马拉海、博斯普鲁斯海峡、金角湾分成三大部分，其中欧洲部分又以金角湾为界分成老城区（历史半岛区）和新城区；埃及市场（即香料市场）与圣索菲亚教堂、有顶大巴扎（即有顶大集市）均位于金角湾西南侧的老城区。

开时，那个商人说：“它要花的时间就跟诵读一章《古兰经》一样长。”

这位顾客目不识丁，所以并不知道诵读一章《古兰经》需要花多长时间。终于，从那个大一点的倒置的瓶子口冒出一种彗星似的东西，如一滴水一样闪着亮光，徐缓地拖着尾巴向下滑，然后滴入那个小一点的瓶子里。

“你想试试吗？”那商人问，同时用手指在那个大瓶瓶颈的边缘灵巧地抹了抹，并把手指伸给这位顾客。后者从那根手指上弄了一点到自己的手指上，然后准备抹到自己的长袍上。

“别，别在你袍子上抹！”那商人提醒道，“它会燃烧。抹到你的手掌上。先抹到你的手掌上。”

当这位顾客依言而行，并打算闻一闻时，那商人又阻止了他。

“不，不是在今天，先生，不是在今天！得在三天之后！到那时，真正的香味就出来了。而且它持续的时间会跟汗味一样长久。但它的气息比汗味更强烈，因为它拥有一滴眼泪的力量……”

这些就是那天索福洛尼耶和耶丽赛纳在金角湾附近听到的对话；商人邀请他们回头再来喝茶，说他有一些非同寻常的东西要请他们过目。

* * *

“白昼是为了爱情，夜晚是为了歌唱。”他们到克里索斯托神父位于法纳尔区的小教堂拜访时，这位神父对他们说，“因为爱情看得见，夜晚听得见。”

当他们聆听这些话时，从他们身后朦胧昏暗的壁画上的海中出现了鱼和怪兽；这些鱼和怪兽往外吐着手持乐器的男人、女人和孩童，他们的音乐和赞美诗呼应着天使吹的喇叭声，那是在召唤他们去参加最后审判。

他们在圣三一主日[①]那天结了婚，在一个他们比以往任何时候都更相爱的时刻。

* * *

耶丽赛纳·奥普伊奇经常带她丈夫去智慧圣殿[②]。在土耳其人统治下，这座圣殿既不再是一座教堂，也不是一座清真寺。他们走进这座教堂宏大、浓重的阴影里；对圣殿而言，这座教堂正说明：死亡即沉睡。守候在这座教堂里面的是一根高大的、上面固定着一块紫铜盾牌的石柱。那块盾牌上有个圆孔，你可以把大拇指插进去，让手的其他部位转上一个圈，并许个愿。不过，上帝会立刻用最大的幸运和最糟的不幸来回馈他所眷顾的那些人。正是由于这个缘故，索福洛尼耶不敢走到这座圣殿里去。他坐在这座恢宏建筑的阴影里，觉得这座圣殿另外还有一个阴影。在下面，在这座圣殿的地基下面，在大地

---

① 圣三一主日，即圣灵三位一体的礼拜日。
② 即圣索菲亚教堂，“索菲亚”希腊语的意思是“智慧”。

的子宫里，圆形穹顶、唱经阁和楼梯纷纷显露出来，还有向下直达博斯普鲁斯海峡的地底咸水和来自陆地的淡水中的斜面大理石基座，倒映着上面的这座圣殿，如同模仿话语的回声一般。这地底下的圣殿轮廓不仅是由声音构成，而且就像上面的那座一样，也是由坚固的材料构成。神圣智慧的圣殿不仅倒映在水里，也倒映在大地上。

同样倒映在大地上的是上面的天穹。忽然之间，在圣索菲亚教堂的阴影中，索福洛尼耶开始理解，地下金属星座的运动就像回声与声音，全都准确无误地与天穹中的星座联系着；而且在地壳下面，他清楚地分辨出了巨蟹座、天秤座、狮子座和处女座的运行。他正在变成一个精通黄道十二宫之地下带的占星家。但是他感到，他的热望，或是饥渴，驱使他面对这一切的饥渴，只不过是为了欲望的彻底满足和永久喜悦而作的准备过程中的一种初步历练。而且，他不敢走进这座圣殿。

你的思想是一根蜡烛，用它，你可以点亮别人的蜡烛，为此你需要火，索福洛尼耶想。但他的火仍然在大地下面。

这样的情形一直延续着，直到有一天那个商人再次邀他们去喝茶。那个商人已经得到他早就想展示给他们看的东西。当他们走进他的商店时，在那儿看见那个脖子上系着根绳索的小个子男人。他身上散发着黑檀木的香气；那位商人悄悄告诉他们，这香气是由那个老人身上的汗散发出来的。

“他耳朵会出汗。但他的汗起码有一个半世纪那么古老了。”商人补充道，同时一边微笑一边从他的包头巾里摸出一枚硬币，用掌心托着给他们看。

“在地狱里铸造的钱币。”商人低声说道，而那块钱币开始闪闪发光，像是为了回应他刚才说的话。他从柜台下取出一个盛着水的桶，放到他们面前，然后请耶丽赛纳把那枚硬币丢进水里。那枚硬币拒绝下沉。耶丽赛纳颇感惊奇，而索福洛尼耶由于心里装着神圣智慧圣殿的影子，意识到这枚硬币乃是用一种铜、银及玻璃的混合物铸造而成的，尽管他是第一次看见。一点不假，当他把这枚硬币放进嘴里，他甚至听到它的内部回荡着银矿石低沉的嗡嗡响和在地下烈火中形成的玻璃悦耳的叮当声。在这些嗡鸣声之上响起的，是某种听上去宛若铜喇叭的声响。

“像这样的硬币还有两枚。”那位石匠说，他一直关注着眼前这一切。

“其中一枚能买到你的明日，另一枚能买到你的今日和昨日。”他对索福洛尼耶说。耶丽赛纳产生了一种感觉：这个石匠跟索福洛尼耶并非第一次见面，他们很早以前就彼此相识，他们似乎是为了某种约定而来到此地、来到埃及市场碰面的。

仿佛为了证实她的想法，小奥普伊奇二话没说就付钱买下了硬币。而且，第二天他直接去了圣索菲亚教堂。

他一走进这座圣殿，立刻感到自己仿佛迷失在一座宏伟的广场中，这广场其实就是这座有圆形穹顶的大教堂。圣殿里的一切完全笼罩在黑暗中，打破这黑暗的只有从那些巨大的钥匙孔里漏进来的太阳光线。他目光扫过里面的所有石柱，但没看到紫铜盾牌。唯一的一样在其中一根石柱上熠熠闪耀的东西，是照在齐眼高处的一束阳光。走近了以后，他才在这束亮光下发现那块带有圆孔的盾牌。他把大拇指插进去，仿佛那个圆孔是一把大个铜喇叭的圆洞，然后用手绕着圆孔转了一圈，同时低声说出他发过的誓愿。什么都没有发生。

索福洛尼耶·奥普伊奇从未期盼与自己相关的事骤然间会发生巨变，以致这种变化能被立刻觉察。但是他觉得很奇怪，他确实什么也没有感觉到。回家以后，他把去许愿的事告诉了耶丽赛纳。她拥抱了他一下，然后走到窗口，把那个装着他秘密的卵石吐进了博斯普鲁斯海峡。

“再也没有秘密，再没有隐瞒了！现在一切都将变为现实。简直就像是一觉睡醒吧？”

她像过节似的行动起来；她拿出蜜渍鲜花、浸在橄榄油里的玫瑰和茉莉；他们坐在窗台上——那巨大的窗户其实就是他们这座房子的大炮台，想起了《一千零一夜》和他们做过的推算。

“也许，我们没有小孩是因为我们没有推算出谢赫拉扎德是在哪一夜怀的孕，还有她在那一夜讲的是什么故事。”耶丽赛纳说道。她望着她的索福洛尼耶·奥普伊奇，感到爱情确实催人老。

“有一些事实，人类在助其死亡。”她说，“人类本身就是一种濒死的事实。人类永远都是十七岁，我却不再是十七了。”

那天夜里，她听到索福洛尼耶挣脱开裹在他身上的狗毛大毯。听到他的胡茬擦破枕头，看见他脸颊上那个肚脐形的酒窝，她吃了一惊。次日早上，她对他说：

“伟大的爱情都是一种惩罚。”

“你知道，我们所有人都和上帝有一份契约。我们拥有或做过的一切，时间、力量或者美丽，我们所做的生意和旅行，其中的一半留给我们自己，另一半归属于上帝。爱情也不例外。我们的爱情，一半留给我们自己，另一半归属于爱的造物主，在造物主那里，它会保存在一个更美好的地方，永存不朽，无论留给我们这里的这一半爱情会发生什么。把它想象成某种美丽而快活的事吧！”

然而这一切都是徒劳。当他靠近耶丽赛纳或是触摸她，她的身体再也不发出桃子的气味了，她再也不把她的乳房涂成跟嘴唇一模一样的颜色了。耶丽赛纳望着她丈夫，完全不明白他正在对她讲什么。至于他，就像他曾以极快的速度走近耶丽赛纳，如今他又突然开始以可怕的速度远离她了，就跟一个星座似的。正如他曾经无法抵抗那不可阻挡的吸引，现在面对这种令人眩晕、无法挽回的退却，他同样束手无策。

后来，耶丽赛纳对他说：“你是对的！了不起的爱情会让人变得愚蠢。我们已经变蠢了。反正我是这样。而且我再也不会飞翔了。即使在我的梦里也不行，更别说是在房间里了。或许爱也能够杀人吧。”

她想到：也许我能和另一个男人生小孩。

21 号牌

世　界

法国特使在 1813 年抵达君士坦丁堡后不久，决定在他的公馆举办一场花园舞会。宾客们受到算命人和跳舞者的热情招待；当大伙开始步入这位少年特使的宽大宅邸时，音乐已经奏起。奥普伊奇上尉带着杜尼娅，她看上去像是哭了一整夜。拉斯蒂娜·卡洛佩罗维奇夫人头发上撒着银粉，跟她的儿子一起到来；小卡洛佩罗维奇的目光在那个巨大房间里搜寻着某个人，却惊讶地看见面向隔壁房间的墙上有道椭圆形的窗户。窗框的形状是一种涂成金色的花环，因此这道窗户看上去宛如一幅油画。它让索福洛尼耶记起在的里雅斯特他父母家的客厅里的一道窗户。在外面花园里，上尉的骑兵开始跳起一种绕圈舞；领舞者加快了舞步节奏，让人很难搞得清他的脚跟在哪儿，脚尖在哪儿。

耶丽赛纳低声说："这圆圈舞是一种迷宫啊。"

宾客们还在汇聚而来。他们的东道主引人注目地穿着一件鸽子蓝的、没有佩戴徽章的束腰大衣，头上戴着蓝丝绒假发，而且一如往常，腰里裹着一条丝绸腰带。他的书记员穿着整齐的黑色盛装，衣服和腰带上都镶着银质护环。书记员脸上露出的焦虑神情与他本人很般配，正如无忧无虑的神情与站在他旁边、一身蓝的少年特使很般配一样，虽说这种焦虑神情出现在少年的靴子上，因为那靴子始终不知道如何安置自己。房间里骤然变暗，在观景窗出现一个犹如逼真画像的裸体，搭着一条垂过大腿的面纱。很难说清它的性别，尽管它袒露着胸部。对于女人，那胸部看上去像是男人的；而对于男人，看上去却像是小姑娘的。圆圈舞结束时，这个幽灵摆出一副带着画框的逼真画像的姿势。它站在那里，一条腿在膝部弯起来；这姿势的某些地方让小奥普伊奇记起他本人曾摆过的身体姿势，当时因为泰奈茨基上尉的命令，他被倒悬在一棵树上。只不过这个幽魂是站在那里，而非倒悬着。

忽然，一群吉卜赛姑娘冲进这座大宅和花园，挂在她们裙裾上的铃儿叮当作响。她们开始用纸牌给宾客们算命。

上尉高声喊道："*Tarocchi*[①]！Tarocchi！"他抓住儿子的

① 意大利语，指塔罗牌。参见本书第 2 页注释①。

手，把他弄到花园里一个算命人旁边。

“纸牌，先生，就像一种语言。但是现在要小心啦。你们想知道一个大秘密还是一个小秘密？你们想让我算算谁的命？”

“用同一副牌给我们两个算算。”上尉说。

“一个大秘密。”索福洛尼耶说。

“好的，先生。在我解牌的时候不要笑，因为那样对你们有害无益。你们每位必须问一个问题，但只能在心里自问，别让我听见。”

算命人把一块围巾在她前面铺开，嘴里说着：“在石头上面算命是没有好处的。”她从一个小皮囊里取出 22 张牌，递给奥普伊奇父子，让他们“暖牌”。牌洗好之后，索福洛尼耶切牌，哈拉拉姆皮耶接着在上面画了一个十字。吉卜赛女人用左手把这些牌在那块围巾上摆成一个十字阵；然后在正中央竖着摆放的一张牌上面，她又横着放了 1 张牌。翻开纸牌后，她对小奥普伊奇说：“你父亲被杀死了。而你藏着一个大秘密。”

“我父亲没被杀死。”小奥普伊奇哈哈大笑。于是，算命女人震惊地看了看奥普伊奇上尉，抄起她的纸牌，逃离了那座宅邸，那时宾客们正好被召集去进晚餐。

*　　　*　　　*

吃着最后几口食物，带着渐渐袭来的疲惫，法国特使的客人们聆听着音乐。卡洛佩罗维奇少尉像是中了魔，目不转睛地盯着他同母异父的妹妹杜尼娅；他母亲看见他的神情，突然说道："我希望你还记得我们的誓言。你已经把你的那部分誓言兑现了吗？你把她睡了吗？"

"谁，杜尼娅吗？是的。已经在客栈后面睡过了。"

拉斯蒂娜夫人苦涩地笑了笑。

"据我计算，"她对着儿子的耳朵低声说，"我们的誓言只差一点就可以完成了。我还需要两步，你还有一步。"

"一步？"小卡洛佩罗维奇焦虑不安地说，他母亲却用她那双银色眼睛对他施以抚慰。

"最后一步，"她随口说，"我们俩将一起跨出这一步。"

就在这时，有人开始用希腊语轻声唱起《记忆是灵魂的汗水》这首歌，不过这也正是索福洛尼耶和耶丽赛纳所挚爱的歌，如同他们自己唱的一样。

随后，索福洛尼耶走出了他生命中最具决定性的一步。他为歌声所感动，试图吸引妻子的注意，她就坐在他身边。但是他失败了。耶丽赛纳正在听这首歌，眼睛笔直地注视着前方，呼吸急促。后来她抬起眼睛。她漫不经心地用手指梳理自己的头发，目不转睛地盯着附近一幢宅子黑洞洞的窗户。那个窗户后面矗立着一堵笼罩于黑暗中的墙，而在那堵墙的后面主宰一切的则是布满水和草地的茫茫无际的黑夜。就这样，耶丽赛纳的目光先是触到那道窗户，接着抵达那堵笼罩于黑暗中的墙，之后继续移向更远的地方，尽管她再也看不清那里的任何东西了。她的目光沿着一条笔直的通向东方的道路穿过森林；它从黑海上空掠过，经过敖德萨[1]，穿越大草原[2]，错过了一些夜间拖网的里海[3]渔民，翻越高加索山脉和帕米尔高原，然后在中国的长城上有一会儿减弱了势头，这倒不是因为疲劳，也不是因为长城过于庞大，她的目光没法把握这个对象，而是因为耶丽赛纳看不见她渴望看到的东西，于是她干脆再也不朝那个方向去看了。而这时，她正在听的那首歌让她浑身直打哆嗦，她的眼睛最终找到了哈拉拉姆皮耶·奥普伊奇上尉，她丈夫的父亲，就坐在旁边那一桌；她浑身开始散发出桃子的气息。

索福洛尼耶吓了一跳，望着耶丽赛纳；与此同时，耶丽赛纳正痴迷地望着索福洛尼耶的父亲。他们就这样一动不动地坐了几秒钟；随后，索福洛尼耶发现耶丽赛纳又在把她的乳房和嘴唇涂成同一种颜色，而她脖子上已经不再挂着那只小银丝鞋子。耶丽赛纳把“第三只鞋”拿掉了。

她会跟我父亲生出她跟我生不出的孩子，索福洛尼耶陡然想到这点。

恰在此刻，许多年来在索福洛尼耶·奥普伊奇心里像一种微痛一样生长的饥渴感逐渐消退了，并转化为一种剧烈的疼痛。以前曾经让他伤痛的一切又开始让他伤痛了。他身体上和灵魂里的所有旧伤全都复发了，他孩提时代落下的所有创伤全

---

① 敖德萨，黑海北岸的滨海城市，现属乌克兰，1792 年俄土战争之前属于奥斯曼帝国。

② 指从东欧横穿俄罗斯南部直至西伯利亚的大片草原地区。

③ 里海（Kaspijsko jezero），英文为 Caspian Sea，这是印欧语系中对位于欧洲和亚洲内陆交界处的那个大咸水湖的称呼；在土库曼语、土耳其语中，这个海被称为“哈扎尔海（Hazar Denizi）”。

都被激活并重新发作了；那绺黑头发和那绺红头发从他身上脱落。经过了十七年，他的性器萎软下来，他右脚的皮靴不再让他觉得夹痛，他的听力变弱了，再也听不见地底下的声音。整个广阔的世界在他面前展开。因为深感惊恐，他想要撤回来，想要扭掉他的大拇指，可是为时已晚。在距离他遥远的某个地方，他的誓愿正以可能达到的最好方式变成现实，为他发挥作用，完全无视他——甚或根本不管他——付出的是毁灭性的代价。某个无所不能的人正在实现他的心愿，却同时剥夺了耶丽赛纳对他的爱。在某个地方——谁知道那是哪里（索福洛尼耶颇感恐惧），仁慈的征兆已经显现，如同旋风一般在前进；他察觉他的灵魂出现了某种安宁，他感到他周围的和内部的事物都在发生变化，而且决定已经做出，因为作出未来的决定对他来说变得容易多了。他听到星座都在按照他的喜好重新为它们自己命名，他自己的黄道十二宫标志从天秤座变成了天蝎座，而这改变了他嘴里正吃着的鹿肉和蘑菇的滋味。所有已经存在、已经发生、为他所熟知的事物，骤然之间全都变得既陌生又怪异；而所有未曾发生、未曾存在的事物，全都变得既明朗又熟悉。简直就像代表他命运的所有纸牌，他的全部大阿卡纳牌，一直都是反着摆放的，所以他的生活被翻转了，他的全部官能发生了倒错，并改变了从地底到宇宙的感知方向。

上帝同时用最大的幸运和最糟的不幸来回馈他所眷顾的人，索福洛尼耶心想。正当他想要喊叫出声，霍然听见他的父亲在桌边侃侃而谈：

“即便是微笑也需要转译一下，我亲爱的夫人，就好像它们也是语言一样！法国人的微笑，比方说，就很难转译成希腊语。犹太人的微笑是无法转译的，日耳曼人则不会笑，除非给玩笑贴上标签，明码标价……”

正当上尉侃侃而谈的时候，正当索福洛尼耶·奥普伊奇坐在那里盯着他妻子耶丽赛纳看、而耶丽赛纳盯着他父亲看的时候，某个人正盯着索福洛尼耶看。拉斯蒂娜·卡洛佩罗维奇夫人，手上抱着那个带铃铛的枕头，正热切地注视着他。因为索福洛尼耶是她女儿杜尼娅的倒数第二个恋人，而她尚未跟他睡过。索福洛尼耶是她实现自己的誓言需要做的倒数第二步，这一步随后将会完成，并将与最后一步联合起来达到圆满。她和阿尔瑟尼耶的圆满。总之，索福洛尼耶·奥普伊奇是仍然挡在拉斯蒂娜夫人和她儿子阿尔瑟尼耶·卡洛佩罗维奇的卧床之间的唯一一道障碍。

卡洛佩罗维奇夫人的凝视转瞬间被奥普伊奇上尉打断了，上尉用他的餐刀敲了敲酒杯，起身要为法国皇帝干杯。这时候，一件无法想象的事发生了。

在君士坦丁堡法国特使公馆的花园里，当着众人，哈拉拉姆皮耶·奥普伊奇上尉一下子消失得无影无踪，同时消失的还有他的酒杯。翌晨，用人们在他坐过的座椅底下只找到一对污血斑斑的马刺。

附录一
塔罗牌阵法

魔法十字

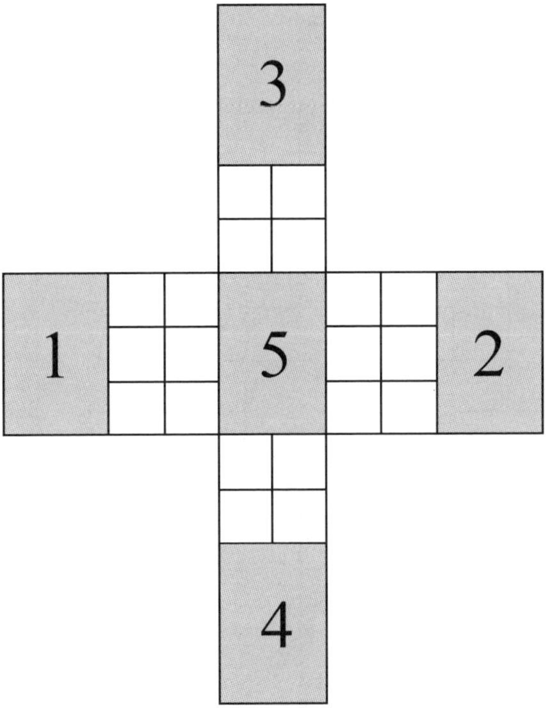

塔罗牌中最简单的牌阵，按图示顺序布牌，然后解牌。

凯尔特十字

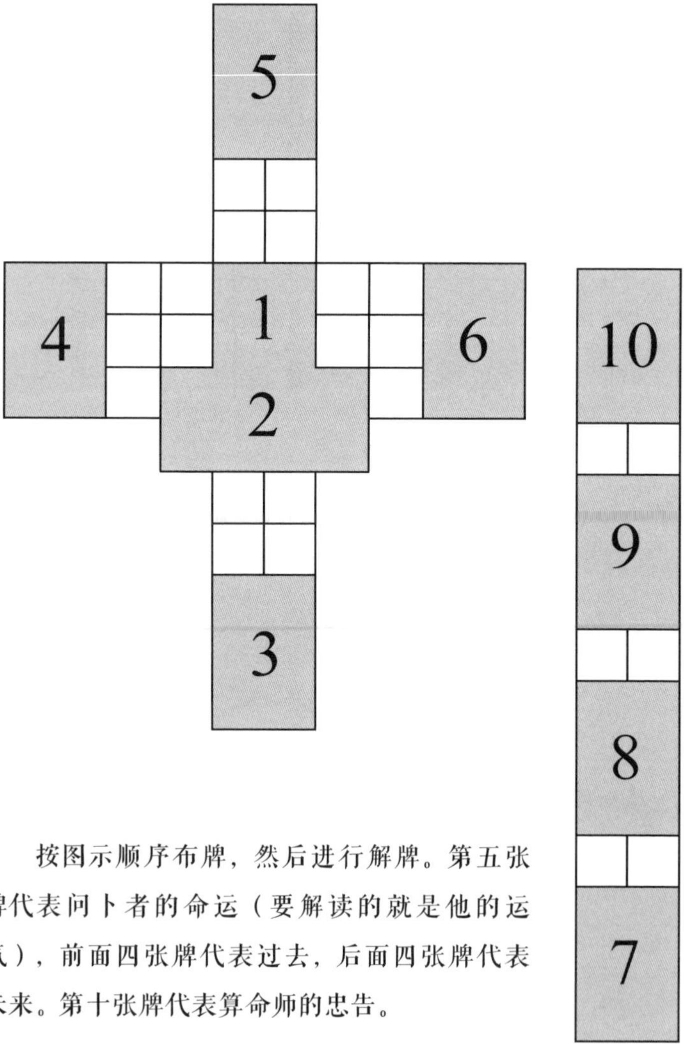

按图示顺序布牌，然后进行解牌。第五张牌代表问卜者的命运（要解读的就是他的运气），前面四张牌代表过去，后面四张牌代表未来。第十张牌代表算命师的忠告。

大三位一体

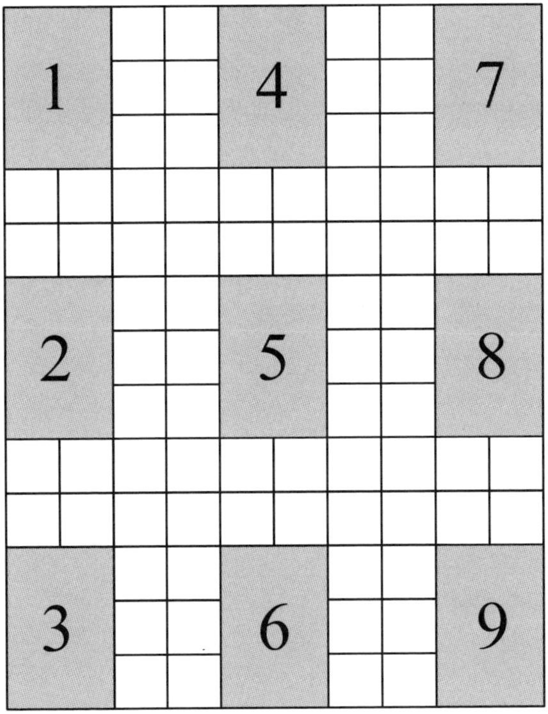

按图示顺序布牌，然后进行解牌。第一组三张牌表示过去，第二组三张牌表示现在，最后三张牌表示问卜者的未来。

附录二
双性女士用的大奥秘库要义

特殊牌要义　愚人

正位：善变但结局快乐。获得一次选择权。道路，新体验。

逆位(倒置)：悖德行为。谨防脑袋遭打击。显示对环境的敌意。

第一组七张牌之要义

1 号牌　魔法师

正位：有益的知识，创造性能量。创见。事业的好时刻。男性问卜者的个性。

逆位：衰落，吹牛，糟糕的开始。

2 号牌　女祭司

正位：侥幸，隐藏的影响。表示和谐、知识之母与谅解之师的牌。

逆位：反复无常，婚姻中的不忠，判断错误。

3 号牌　女皇

正位：丰产，女性气质，物质财富，继承实实在在的财产。

逆位：鲁莽行为，事业低落。失去幻象。衰竭。

4 号牌　皇帝

正位：保护，领导才能。在克服危机时的帮助或明智建议。善意的能量。

逆位：残酷而傲慢的权力行使者。财务危机。笨拙，糟糕的建议。无论怎么做都没有好结果。

5号牌　主祭司

正位：遵守习俗惯例的行为举止。爱情关系中忘我的伴侣。高超的决定。适应能力。智慧，广阔前景。

逆位：偏狭极端。狡诈卑劣。没有成就。即将出现巨大困难。事业中的误判，短暂的爱情关系。

6号牌　恋人

正位：犹豫，在两个爱人之间的选择。健康。

逆位：单相思的爱。神经质的、多情的努力。爱情终止。基于私心的关系。

7号牌　战车

正位：成功。精神战胜风俗习惯。

逆位：意想不到的失败。萎靡不振和疾病。

第二组七张牌之要义

8号牌　力量

正位：爱战胜恨。真挚。安全，肉体和精神的能量。

逆位：愤怒。出自当下环境的障碍。冲突，巨大困难。

9号牌　隐士

正位：获得智慧。谨慎。好的决定。经验。医治者。

逆位：独处，悲伤。无用的建议。

10 号牌　命运之轮

正位：变化，升腾与坠落，好运。收益。

逆位：过时的计划，优柔寡断。

11 号牌　正义

正位：平衡，因果报应，法律事件。审判。

逆位：官司。出自超乎意料方面的不公正。

12 号牌　倒吊人

正位：赎罪，牺牲。直觉。在更高级的智慧领域自我增强。世俗追求和精神追求之间的通道。我们影响不了但也并不必然导致坏结果的事情。

逆位：迷失方向，分离。徒劳无功。对自己的行为重新审视。

13 号牌　死神

正位：转化，变化，更新。获益。

逆位：斗争，疾病，忧郁。突如其来的贫困或变得更糟。哀伤。

14 号牌　节制

正位：耐性，协调，内心安宁，但也是一种警告。

逆位：缺乏默契的爱。懒惰。造成遗憾的行动。导致苦涩结果的最近决定。

第三组七张牌之要义

15 号牌　魔鬼

正位：命运注定的事物，三种心魔，物质主义。磁力。超自然的能力。糟糕的伙伴。

逆位：性病，危险，意外怀孕。

16 号牌　塔

正位：大灾难，毁灭，抛弃自私的野心和从前的生活方式。

逆位：不可预测，敌人，混乱。不健康。

17 号牌　星星

正位：希望，健康，灵感。实现的愿望。创造力。

逆位：不利的地位，受抑制的精神。对心爱之人失望。

18 号牌　月亮

正位：欺骗，意料之外的危险。伪善，出自他人的嫉妒。不忠。怀孕。工作中的直觉、梦想、想象力。

逆位：幻觉，隐藏的危险，精神疾病，贫乏的想象力。

19 号牌　太阳

正位：幸福，解放，婚姻。健康。

逆位：浮华，误解。小病小恙。

20 号牌　审判

正位：精神觉醒，适应。超越尘世。保护。一个看上去不能解决的问题得到解决。

逆位：不认真负责、鲁莽的决定。漫长的爱情关系走到尽头。

21 号牌　世界

正位：欢乐，所有事业上的成功，奖赏，实现的愿望。长期幸福的开始。

逆位: 这是赫耳墨斯的牌（“在上如同在下”），对逆位牌的解读和对正位牌的解读完全相同。第十二张牌——倒吊人，已经是倒过来的了。

塔罗牌阵法

魔法十字

大三位一体

凯尔特十字

附录三

阅读的开始与结束/小说的开头与结尾[①]

小说就像癌症，

它依存于肿瘤转移并从中汲取滋养。

——米洛拉德·帕维奇

① 本文译自《当代小说评论》（*The Review of Contemporary Fiction*，1998年夏季卷），美国 Dalkey Archive 出版社 1998 年出版。

很久以前，我就自问：何处算是小说的开始和结束？小说是从荷马开始的吗？关于小说的故事会在关于故事的故事结束之前结束吗？就是说，在我们这个被我们称为后历史、后共产主义、后女性主义以及后现代主义的时代，小说是否已经发展到它的尽头？博尔赫斯很想看到他的前一百名读者的面孔。我的愿望则迥然相反。我们是否都在面对一种挑战，看到最后一百名读者的面孔，或者略微悲观地讲，看到小说的最后一百名读者的面孔？

要回答这个问题，我们首先得追问：小说的阅读开始于何时、何地以及文本的哪个部分？小说的阅读又结束于何时、何地？对有些小说来说，肯定是第一句话和最后一句话，而且这一点永远都很清楚明白。米罗什·兹恩扬斯基[①]就是一个很好的例子。“一个巨大的蓝色圆圈。里面有颗星星。”这是《迁移》令人难忘的开头，它的最后一句同样是毋庸置疑、令人难忘的结尾：“迁移并不存在。死亡也不。”但是对其他小说来说，情况并非一概如此。我们来看《战争与和平》：小说早在文本结束之前就结束了。难道《安娜·卡列尼娜》真的是以沃伦斯基得了牙痛而结束的吗？乔伊斯的《尤利西斯》又是从何

---

① 米罗什·兹恩扬斯基（Miloš Crnjanski，1893—1977），塞尔维亚表现主义诗人，作家和外交官。《迁移》是他 1929 年发表的小说。

处与何时开始的呢?《尤利西斯》拥有一个文学中最为恢宏的结尾:一部男性化的书的女性化结尾。一部小说的开头和结尾,阅读的开始和结束,是如何受到雅丝米娜·米哈伊洛维奇[1]所讲的"阅读与性"的制约呢?小说必须有一个结尾吗?一部小说、一部文学作品的结尾到底是什么?非得只有一个结尾吗?一部小说或一部戏剧可以有多少个结尾呢?

对这些问题,我在自己写书的过程中倒是找到了一些答案。很久以前我就领悟到艺术是"可逆向复原的"和"不可逆向复原的"。有些艺术是可逆向复原的,是可以让受众从不同的侧面接近的作品;甚或是可以绕着它,通过变换观察视角,对其好好观赏的作品,而观赏者的观看方向取决于他个人的偏好,诸如建筑、雕塑或者绘画便是这样。另有一些艺术,属于不可逆向复原的艺术,诸如音乐和文学,就像单向的道路,路上一切的运行都是从开始到终点、从诞生到死亡。我一直希望把文学——一门不可逆向复原的艺术——做成可逆向复原的艺术。正是因此,我的小说一般没有传统意义上的结尾。

比如,《哈扎尔辞典》是"一部十万个词语的辞典小说",而且根据不同语言的字母顺序,这部小说会有不同的结尾。《哈扎尔辞典》的原始版本是用西里尔字母印制的,其结尾是一句拉丁文引语:"*sed venit ut illa impleam et confirmem*, *Mattheus*."我这部辞典小说的希腊语译本的结尾是这样一句:"我立刻发

---

① 雅丝米娜·米哈伊洛维奇(Jasmina Mihajlović),米洛拉德·帕维奇的夫人,作家,评论家。

现在我心里有三种恐惧，而不是只有一种。”这部辞典小说的英语、希伯来语、西班牙语和丹麦语版本的结尾则是这样的：“于是，当那名朗读者返回时，整个过程正好相反，蒂蓬根据朗读者行走时发音的印象，开始修改他的译文。”而用拉丁字母排的塞尔维亚语版、在德国北弗里西亚的诺斯泰德自治市印刷的瑞典语版，还有荷兰语、捷克语和德语版，它们都是以如下句子作结尾的：“那目光将合罕的名字铭刻在空气中，点燃了灯芯，照亮了她回家的路。”《哈扎尔辞典》的匈牙利语版结尾句子是：“他只是想要你注意到你真正的本性。”意大利语版和加泰罗尼亚语版则是这样结尾的：“事实上，尽管哈扎尔瓦罐消失已久，但它依然在起作用。”在日本出版的日文版结尾则是这样一句话：“那个年轻女人生下了一个电闪光影般的女儿——她自己的死亡；死亡中，她的美貌变成乳清和凝结的乳液，然后又渐渐分解，露出一张吸住了白芦竹的嘴。”

我的第二部小说，《茶绘风景画》（相当于一个纵横格拼字游戏），如果纵向阅读，就会将书中的人物形象带入第一种方案里。同样的章节如果是横向阅读（即用传统方式阅读），则会使小说的情节及其发展突显出来。根据这种情况，我们也来谈谈这部小说的结尾。首先，如果这部小说的读者是一位女性，它会以一种方式结束，如果是一位男性，则会以另一种方式结束。当然，是纵向地阅读，还是横向地阅读，也会决定这部小说具有不一样的结尾。若是横向阅读《茶绘风景画》，其结尾句子是：“读者不能愚蠢得连阿萨纳·斯维拉尔身边发生了什么都不记得，有一阵他被称作拉金。”若是纵向阅读，其结尾句子则是："我奔入那座教堂。"

在辞典小说和拼字游戏小说之后，我又开始尝试让小说进入可逆向复制艺术的行列。这就是《风的内侧，或关于海洛和利安德尔的小说》，一部沙漏形小说。这部小说有两个开头，正如著名考古学家德拉考斯拉夫·施勒约维茨所说，最好是将这部小说读上一遍半。它的结尾位于小说的正中间，神话故事中的恋人——海洛与利安德尔在此处相遇。如果你从利安德尔那一头开始阅读，这部小说的结尾是这样一句话："时间是12点05分，在一次可怕的爆炸中塔楼炸飞了，吞没了利安德尔尸体的烈焰也随之灰飞烟灭。"如果你从海洛一头阅读，它的结尾则是："根据这个神经失常的中尉交待，第三天黄昏即将到来时，海洛的头颅才发出一声男性才有的深沉而骇人的喊叫。"

我最新的一本书，《君士坦丁堡最后之恋》，实际上是一部塔罗牌小说，由与大阿卡纳纸牌相对应的二十二章组成。借助塔罗牌，可以预测未来，而《君士坦丁堡最后之恋》包含着若干牌义，就像那些塔罗牌。换言之，这部小说对于用塔罗牌算命来说是一种指南，可以按照不同的方式来"使用"。可以把塔罗牌的寓意添加到这部小说中拥有与每张牌相同名称和编号的章节里。也可以把这部小说每一章的含义加入到算命时用的相应纸牌的寓意中。使用这部小说的时候，也可以把纸牌完全撇到一边。同样，根据书中给出的塔罗牌使用指南，你可以先把纸牌打出，然后按照纸牌落在桌上的顺序去读这本书的相应章节。

因此，从刚才描述的这几部小说我们可以得出结论：我们可以不只从一个出口出来，而且可以从彼此相隔很远的其他出口出来。《茶绘风景画》有两个不同的结尾，而《风的内侧》则拥有两个不同的开头。好比一座房子，《风的内侧》拥有两个入口和一个在正当中、在小说内部的出口，只不过这个出口通向一座封闭的花园，一座封闭的庭院，在那里，读者遇到的不是一个瀑布，而是一片他正要游过去的大海，就像利安德尔游过希腊神话一样。

慢慢地，在我的视野里房子和书的区别不复存在，而这也许是我这篇文章需要讲的最重要的内容。不过，还是让我们回到这些日子经常被提起的那些更为普遍的问题上吧。小说的末日是否就要到了？小说的末日是在我们前方，还是已经在我们身后？那些认同我们已经生活在后历史时代这一看法的人会如此追问。这也是一个后罗马建筑的时代吗？我们是不是全都经历了那种终结、却根本没有意识到，而我们所有人仍在一场早已结束的比赛中一起奔跑？我认为是不能这样断定的，除非我们已经被某种宇宙范围里的核灾难给击中了。相反，我更倾向于认为我们处在一种阅读方式的终结点上。发生危机的是我们阅读小说的方式，而非小说本身。处在危机中的是那种单行道式的小说。一些别的东西当然也处在危机之中。那便是小说的图像视野。这就是说：书籍面临着危机。

我试图通过提升读者在一部小说创造过程中的角色和责任，来改变阅读的方式（我们不要忘了，世界上有才华的读者比有才华的批评家多得多）。小说中有关情节选择和情境发展的决定权，我都留给了读者，让他们去决定：阅读从何处开始，又在何处结束；还有关于主要人物命运的决定权。但是要改变阅读的方式，我就必须改变写作的方式。所以，不要把这些看法专门理解为关于小说形式的议论。这些看法同时也是关于小说内容的议论。实际上，小说的内容，可以说已经死板两千年了，总是受制约于无情的原型模式。我认为这种状况已经走到头了。每一部小说都应该选择它的独具一格的形式，每个故事都可以寻找并找到它的恰当形式。在今天，小说的结尾表现得就像一片三角洲。它们在进入阅读海洋的入口处分岔，小说和河流在那里都失去了它们的名称。那个三角洲，在后现代小说中表现得如同一条多车道的大路，拥有一个方便而又繁密化了的河床。正像罗伯特·库弗[①]和雅丝米娜·米哈伊洛维奇在他们的文章中所说，这种情况是一种计算机仿造的空间和一种计算机化仿制的永恒。这在实际当中是可以利用的。用这样一种方式创造出来的文学，绝对没有我们在印刷书籍中所习惯的那种开头和结尾，而这种文学在今天世界上的所有地方都有人写作。计算机小说正作为超小说向我们走来，它们属于虚拟现实的领域，它们的作者被称作电子写手。所以，小说当真变成了太空中的一个孩童；它可以打破古腾堡群英们的条条框框，出现在一条崭新的群英之路上，这条路与印刷书籍再也没有任何关系。我的小说，还有另一些作家的小说，如今正被转换到计算机的 CD-ROM 中。《君士坦丁堡最后之恋》是一部

① 罗伯特·库弗（Robert Coover，1932— ），美国后现代主义小说家。作品有《布鲁诺分子的由来》、《公众的怒火》等。

很容易被想象为或是实现为视频游戏的小说，就像那些计算机纸牌游戏中的某一种，或是那类游戏中路径的发现都是为了未来的某种游戏。这样的游戏充斥在世界各地年轻人的计算机中。人不应该害怕这样的未来：数字化叩响写作者的房门。我对这样的未来满怀期待。

我把同样的原则运用到戏剧文本之中，创作了一部超戏剧，剧作名是《永恒之后又一日》。这部剧作有一篇说明书："剧场菜单"（像餐馆里的"菜单"，也像计算机里的"菜单"）。这部爱情戏拥有三个互不相同的开头——我们可以说它有三种开胃菜，一道主菜（主要发展过程）——和三个互不相同的结尾，或者说三种甜点（一个悲剧性的结尾、一个愉快的结尾、和一个生态化的结尾），或者只要你喜欢，不配糖、蛋糕、或苹果的咖啡。这部戏剧可以由九座剧场上演，而不会重复同样的剧本内容。由这部超戏剧，或许可以制作出一部电影中的"章鱼"；同样，由《哈扎尔辞典》（这部小说有许多个进口）或许可以制作出四十七部电影，这些电影无论从哪儿开始都可以从三分钟持续到三个半小时，而且需要雇用四十七位最为著名的导演参与制作，只有这样，他们每一位才可以从他们各自所处的世界以及用他们各自的演员阵容，去拍摄他自己的那部电影。这会是电影史上最昂贵的大制作，而它将不再是一部属于二十世纪的电影。

如今在我们世纪的尾声，该是转向21世纪的文学、戏剧和电影的时候了；正是今天的小说让我们开始对它有了认知。因此，小说并没有死亡。

附录四
文学大师的铿锵与悲悯

——《君士坦丁堡最后之恋》的历史与思想

在《哈扎尔辞典》引进十几年后，塞尔维亚文学大师米洛拉德·帕维奇的另一部代表作、比《哈扎尔辞典》更具有铿锵之声的小说《君士坦丁堡最后之恋》（以下简称《最后之恋》）终于由上海译文出版社引进出版。这部小说不仅一如既往地保持了高水准，也是作者思想进化上的又一个里程碑。

如果说，在《哈扎尔辞典》中，作者将自己的思想深深地隐藏在坚硬的结构外壳之下，只有突破了这层坚硬的外壳，才能领略到内容的芬芳，那么《最后之恋》则是另一道美味佳肴，更加蕴含着作者对历史和个人的思考，而作者却有意让读者更加容易接近它，放在精致的盘子里直接端上来品尝。要想了解帕维奇的思想和风格，必须将两本书结合起来，作为一个整体进行解读，才能更加全面地掌握这位文学大师丰富的内涵。

在品尝佳肴之前，我们先对文学大师所处的时代进行一番探究。

南斯拉夫，塞尔维亚和帕维奇

在《哈扎尔辞典》出版时，帕维奇的祖国还是拥有六个加盟共和国的南斯拉夫，而到了写《最后之恋》时，他曾经的祖国却早已分崩离析，到他 2009 年去世时已经成了一个塞尔维亚人。了解南斯拉夫、塞尔维亚的历史，是深入帕维奇思想的前提。

什么是南斯拉夫?

所谓南斯拉夫，有两个含义，一个是民族上的，另一个是政治实体上的。

斯拉夫人在史前曾经是一支居住在欧洲和亚洲连接部的欧亚大草原上的游牧人种，随着历史的演进以及从亚洲而来的持续人口迁移压力，斯拉夫人进入了欧洲，形成了三个集团，分别称为西斯拉夫人、东斯拉夫人和南斯拉夫人。

其中西斯拉夫人进化成现代的波兰、捷克和斯洛伐克人，而东斯拉夫人则是现代俄罗斯、白俄罗斯和乌克兰人的祖先。剩下的一支南斯拉夫人情况最为复杂，他们迁徙到了如今的东南部欧洲定居下来，变成了克罗地亚、斯洛文尼亚、塞尔维亚等人种。而在欧洲历史上，黑海西部和地中海沿岸的东南欧洲，由于紧靠亚洲，经历了最复杂的政治和宗教形势。这里不仅仅受到罗马天主教和希腊东正教的影响，还受到从亚洲过来的伊斯兰教影响。近代之前，这里成了土耳其和奥地利的属地，直到第一次世界大战后，才围绕在较早独立的塞尔维亚周围，合并了周围几个区域，形成了南斯拉夫人的统一国家——南斯拉夫王国。之后，又经过了第二次世界大战德国、意大利的入侵，由约瑟普·布罗兹·铁托领导的共产党掌握了政权，成立了南斯拉夫社会主义联邦共和国。

二战之后的南斯拉夫由六个加盟共和国组成，分别是塞尔维亚、黑山、斯洛文尼亚、克罗地亚、波斯尼亚和黑塞哥维那

（波黑）和马其顿。虽然依靠铁托的强力将南斯拉夫捏合成了一个国家，但是，由于历史的影响，这些加盟共和国却是政治分散、信仰各异、矛盾重重。

以宗教信仰为例，作为最主要共和国的塞尔维亚主要信仰是东正教，黑山、马其顿也是以东正教为主，而斯洛文尼亚、克罗地亚的宗教信仰主要是天主教，至于波黑则是伊斯兰教人口最多，夹杂着其他两种宗教。即便在塞尔维亚内部，也有着以伊斯兰教徒为主的科索沃自治省。

这种极端复杂的宗教状况，使得南斯拉夫没有形成统一的国家精神。更为重要的是，不管是古代还是现代，南斯拉夫的位置决定了它始终在东西方之间，是各个势力插足、并吞和拉拢的对象，而它的各个组成部分由于传统不一，其选择也充满了摇摆和不确定性。

在铁托时期，这个铁腕统治者试图通过共产主义信仰来把三大宗教势力都凝聚起来，但是，当 1980 年铁托去世之后，各加盟共和国之间的矛盾迅速扩大，逐渐走向了解体。19 世纪 80 年代末的东欧巨变给了各加盟共和国分崩离析的机会，这场巨大的崩盘直到 2006 年黑山独立才结束，除了加盟共和国各自独立之外，塞尔维亚的科索沃地区也宣布独立，并得到了欧盟和美国等部分国家的承认。

帕维奇的一生（1929—2009），恰好经历了南斯拉夫从王国到社会主义共和国，再到解体的整个过程。他不仅是南斯拉夫人，还来自南斯拉夫国家最主体的塞尔维亚，对于南斯拉夫的不稳定，以及各个加盟共和国的摇摆都深有体会。而他的作品虽然在结构和可能性上充满了实验性，其主题却仍然反映了作者本人对世界、国家、民族、个人命运的深入思考。

从《哈扎尔辞典》到《最后之恋》

不管是写《哈扎尔辞典》，还是《最后之恋》，帕维奇关注的主题是一贯的。《哈扎尔辞典》写于 1984 年，当时的南斯拉夫恰好处于铁托去世后的风雨飘摇中，已经丧失了作为联合国家的凝聚力，却还没有解体。在这种环境下，身为南斯拉夫人的帕维奇只能借写一个历史上早已消亡的民族，来暗喻南斯拉夫的命运。

在《哈扎尔辞典》一书中，明着是写哈扎尔这个民族在历史上的选择和命运，与南斯拉夫人一样，这个民族也处于宗教夹缝之中。哈扎尔面对的是东正教（即基督教）和伊斯兰教，它的西方是信奉东正教的东罗马（也即拜占庭）帝国，东方则是强大的伊斯兰帝国，作为游牧民族的哈扎尔既要保持独立，又要与两者都保持良好的关系，谁也不得罪。于是，当这两方面都争取它皈依本教时，哈扎尔的可汗选择了基督教和伊斯兰教都接受的犹太教作为自己的宗教。

在书中，哈扎尔的可汗曾经问过基督教代表一个问题：如果要我在伊斯兰教和犹太教之间做出选择，你宁愿我选哪一种？基督教代表由于对伊斯兰教的敌视，回答说他宁肯选择犹太教，毕竟基督教也是从犹太教演化而来的。可汗又问伊斯兰教代表类似的问题，伊斯兰教代表他宁肯选择犹太教而抛弃基督教。两人的回答使得可汗意识到犹太教是一个双方都可以接受的中间势力，从而选择了犹太教。从这个选择过程也可以看出，哈扎尔可汗的选择，是为了让本民族不得罪任何一方，从而保持自己的独立性。

但这样的选择是否有用呢？答案是没有用。实际上，哈扎尔改宗之后开始衰落，并最终被信奉东正教的罗斯人灭亡。

作者在书中是同情哈扎尔的原始信仰的，这种信仰是一种对梦的崇拜，并通过哈扎尔公主一次次顽强地保留下来，试图冲破三大宗教的封锁，超越哈扎尔民族的界限，传承下来。作者虽然没有明说，但显然，这种捕梦者的宗教虽然不容于三大宗教，却由于更加适合于哈扎尔民族，反而是这个民族最好的选择。当可汗丢掉了他们的传统时，也就丧失了凝聚力，变得虚弱不堪了。

帕维奇借助写哈扎尔，实际上也暗喻着南斯拉夫（塞尔维亚）的命运：南斯拉夫也处于东西方之间，自古以来就是土耳其人的东方和西方交汇之处，后来则是处于共产主义东方与资本主义西方之间，积累了复杂的矛盾。那么，南斯拉夫是倒向东方，还是倒向西方呢？作者提醒人们，南斯拉夫人是有自己独立品格的民族，不应该为了迎合别人而丧失了独立性。

当然，在当时由于南斯拉夫没有解体，在政治上还充满了各种限制，作者对于他的观点做了巧妙的处理，于是留下了一部充满了暗语与春秋笔法的《哈扎尔辞典》。

到作者写《最后之恋》时，情况已经起了变化，作为统一国家的南斯拉夫已经解体了，塞尔维亚作为帝国剩余的一部分，继续夹在东西方之间，何去何从的问题显得更加尖锐，而政治的环境的改善，让作者不需要使用太多的春秋笔法去说话，于是，《最后之恋》的主角已经不再是消失的民族，而直接成了塞尔维亚人。

不过，书中的故事并不发生在当代，而是被作者移到了二百多年前的拿破仑战争时期。在这个时期，塞尔维亚所面临的命运与现代类似：它正从一个帝国中逐渐脱离，但由于处于几大势力的中间，却无法控制自己的命运。

在书中，作者写了两个塞尔维亚家庭的遭遇，这两个家庭分别在为拿破仑的法国和反拿破仑的奥地利卖命，代表了塞尔维亚在东西方两种势力之间的选择。只是，不管是哪一方，他们都并不是为了塞尔维亚的未来在奋斗，而是为了与本民族无关的事情在拼杀。就在拿破仑战争的同时，塞尔维亚争取脱离土耳其统治的革命也在进行之中，但这个事件却被作者有意忽略了，在书中几乎没有提及，以此彰显了书中人物对本民族的冷漠，以及战争的荒诞。

在书中，作者通过一位隐士的口提出了这个令人困惑的问题："不过，有件事我想问问你……你们为什么要在外国人的军队中，而不是在你们自己的军队里服役？你们是在为了两个外国人的帝国——为了法兰西和奥地利——战斗和牺牲，而与此同时，你们自己部族的同胞却在塞尔维亚，在贝尔格莱德，正为了他们的国家与土耳其人进行战斗。"

这位隐士还预言了双方的成败。这种成败是一种波动式和摇摆式的，今天你胜利，明天就轮到我，唯一的区别是你死还是我死。但在更高层面上，不管谁死，死去的都是塞尔维亚人。

这两个家族的父辈曾经在 1797 年交锋，这是第一回合。到了 1813 年，这两个家族的子辈再次交锋。在第一回合中，拿破仑和他的追随者获胜了，只是，这样的胜利会在转瞬间改变，特别作为胜利者的儿子，由于受到骄横的父亲的干涉，变得更加脆弱和享乐，最终被卧薪尝胆的失败者的儿子打败。不管是胜利者还是失败者，他们除了承受战争的痛苦之外，却没有为他的民族带来一丝好处，塞尔维亚这个处于众多力量之间的民族，就这样在别人的战火中被撕扯着。

《最后之恋》的历史背景

如果说，《哈扎尔辞典》是沉浸在欧洲的宗教传统，利用了一定神秘主义源流来构建故事的话，那么《最后之恋》则深入到欧洲的现实和历史中，在历史的脉络里寻找到一个与现实类似的断片，来放置作者的思想。这个断片就是 18 世纪末到 19 世纪初的（明的）拿破仑战争和（暗的）塞尔维亚起义。

《最后之恋》发生的时间，处于公元 1797 年威尼斯共和国陷落，到公元 1813 年拿破仑帝国解体前。平行的事件（在本书中极少反映）则是从 1804 年开始到 1814 年结束的塞尔维亚第一次起义。

在 18 世纪末，人类历史上发生的最有影响力的事件之一就是法国大革命。在大革命中涌现的先进却不成熟的民主精神，夹杂着疯狂的暴力色彩，席卷了整个欧洲。为了遏制革命的影响，欧洲各国组成了数次反法同盟，试图将革命力量镇压下去，使得欧洲恢复常态。

在历次反法同盟中，更早期的欧洲霸主奥地利（奥地利王室哈布斯堡家族垄断了神圣罗马帝国的帝位）一直是一个活跃的参与者。

然而，反法同盟并没有遏制住法国势力的扩张，反而一次次被击败，这其中的原因有很多，比如民主思想更符合潮流，同盟的脆弱等。除此之外，还有一个重要原因：法国出了个拿破仑。

实际上，如果没有反法同盟，也许就不会有拿破仑的崛起，正是在第一次反法同盟战争中，年轻的拿破仑逐渐攫取了领导权，成了法国革命者的依靠。到了 1797 年，拿破仑终于击败了奥地利，逼迫它与法国签订合约，承认法国的地位。

在法奥合约中，另一个古老的共和国却悄然倒塌，这个共和国就是威尼斯。1797 年，拿破仑的军队占领了威尼斯，宣布这个存在了千年（公元 697 年—1797 年）的共和国解体了。根据协议，威尼斯被法国人交给了奥地利，以换取奥地利承认法国在其他地区（比如法国北方的低地地区）的利益。但几年后，法国在另一次反法同盟战争中打败了奥地利，夺取了威尼斯，让它成了法兰西帝国的一部分。

本书中两个家族第一代的交锋，就发生在 1797 年的威尼斯战争时期。

随着拿破仑掌握了权力，野心膨胀的他首先攫取了法兰西共和国的执政权，之后又于 1804 年称帝，将法国变成了法兰西帝国。随着国体的改变，拿破仑法国也开始了又一轮的扩张，企图将整个欧洲大陆置于帝国的控制之下。法国的扩张最初极其迅猛，意大利、西班牙、尼德兰都被并入了巨大的法兰西帝国，奥地利、普鲁士也被击败。然而，随着帝国的扩张，维持占领的成本越来越高，而拿破仑与俄罗斯帝国的矛盾也越来越大。

1812 年，经过大量准备之后，拿破仑率军侵入俄罗斯，却遭遇了惨痛的失败。以此为转折点，法国进入了衰落周期。

到了公元 1813 年，法国的力量已经达到了尾声，以俄罗斯、奥地利、英国为首的反法力量终于占了上风。世界在经历了一个周期后，又走向了原点。

拿破仑在莱比锡的战败使得他丧失了继续作战的能力，不得不宣布退位，被送往了地中海上的一个小岛。

就是在莱比锡战役时期，本书中两个家族的第二代交锋发生了，这一次胜利的是曾经战败者的儿子，战争的天平摇摆着。

法国大革命发生之后，其思想也鼓舞了欧洲的其他地区，包括在土耳其人控制之下的塞尔维亚。1804 年，塞尔维亚爆发了反抗土耳其人的起义，这次起义持续到了 1814 年，曾经短暂地建立了政权，最终却失败了。失败的因素有很多，其中之一，就是拿破仑对俄罗斯的侵略，俄罗斯一直暗地里支持塞尔维亚对抗土耳其，拿破仑的入侵使得它没有精力再帮助塞尔维亚，导致塞尔维亚人最终土崩瓦解。

不过，塞尔维亚人的失败并没有持续太久，在 1815 年拿破仑最终战败后，俄罗斯和奥地利腾出手来，再次开始支持塞尔维亚反抗土耳其，塞尔维亚于 1817 年争取到了高度自治的地位，这是南斯拉夫和塞尔维亚近现代民族主义的起点。

但作者在明着写拿破仑战争的同时，却有意地隐藏了这段塞尔维亚的反抗史，让主人公们加入了与塞尔维亚民族斗争无关的军事冲突之中，为外来的君主卖命，显示了塞尔维亚民族和命运的复杂性，也暗示着这个民族未来不平静，还将无数次地卷入到东西方势力的夹缝之中。

家族恩怨，也是民族的命运

掌握了故事发生的背景之后，《最后之恋》的故事情节并不难理解。

与《哈扎尔辞典》相比，这本书的脉络非常清晰，两个家族两代人之间的恩怨贯穿始终。其中哈拉拉姆皮耶·奥普伊奇上尉和索福洛尼耶·奥普伊奇中尉这一对父子，是作者正面描写最多的人物，他们是塞尔维亚人，却效忠于拿破仑的法国军队之中。

父亲哈拉拉姆皮耶是个神射手，也是数次重大战役的胜利者。

儿子索福洛尼耶是一个进取、勇敢的小伙子，却始终生活在伟大父亲的阴影之下。作为胜利者的儿子，他的生活过于顺利，也享受着太多的赞美和阳光。他从小就进入了父亲的军队，在父亲的庇荫下成长，痴迷于美酒、战马和妇人，对奢华的生活如鱼得水。他试图摆脱父亲的影响，却由于生活的惯性无力挣扎。

在小说中，作者专门塑造了一个女祭司，由她来说出这对父子的区别：父亲属于大权在握的世界精英阶层，而儿子却无缘其中。“怜悯这个胜利者的儿子吧！世界永远不会是他的。对你来说也是如此。你父亲和他的同党会让你和他们的其他孩子永远停留在婴儿学步车里。你会在摇篮里慢慢变老。”

与奥普伊奇父子相对立的则是帕霍米耶·泰奈茨基和帕纳·泰奈茨基父子，他们也是塞尔维亚人，却因为参加了法国的敌人奥地利的军队，而与奥普伊奇父子对立。

帕霍米耶·泰奈茨基曾经是一个音乐天才，最终却成了奥地利军队的神枪手，参加了1797年威尼斯战争。在战争中他如鱼得水，“在他周围形成了一个来复枪射程所及的无人之地”。

然而这个神枪手却在与法军中另一个人的决斗中失手，被哈拉拉姆皮耶·奥普伊奇上尉一枪洞穿了脑袋，成了失败者。

作为失败者的儿子，帕纳·泰奈茨基享受不到小奥普伊奇那华丽的生活，却最终成为了奥地利军队的上尉（在书中，上尉象征着高级指挥官，中尉是低一级指挥官，与之相比，老奥普伊奇是上尉，小奥普伊奇只是中尉）。在小奥普伊奇享受醇酒妇人的消磨时，他却卧薪尝胆，准备为父亲报仇，而他的弟弟马卡里耶·泰奈茨基原本是个天才的制锁匠，在战争中也变成了制造手枪和滑膛枪用的击铁和扳机的工匠。终于，在1813

年，当拿破仑和奥普伊奇们生活在骄傲之中时，奥地利和泰奈茨基们却早已经做好了战争准备。在决定拿破仑命运的莱比锡战役中，小泰奈茨基击败了小奥普伊奇，成为了胜利者。

然而，双方的恩怨却并没有就此结束。同作为塞尔维亚人，两个家族之间的联系是密切的，除了战场上血腥的冲杀之外，家族之间的爱情纠葛也同样荡气回肠。

帕纳·泰奈茨基虽然要为父亲报仇，却又爱上了敌人哈拉拉姆皮耶·奥普伊奇上尉的女儿（也是索福洛尼耶·奥普伊奇中尉的妹妹）约瓦娜。

索福洛尼耶·奥普伊奇中尉在战场上被帕纳·泰奈茨基击败，并差点儿死亡，而救他的人却是帕纳·泰奈茨基的妹妹耶丽赛纳·泰奈茨基。

老奥普伊奇打败老泰奈茨基时，还顺便夺取了他的情人拉斯蒂娜·布伦斯维科，生下了私生子阿尔瑟尼耶。阿尔瑟尼耶却试图为自己的朋友阿夫科森迪耶·帕皮拉报仇，而帕皮拉也是被老奥普伊奇杀死的，因为他是小泰奈茨基的手下，试图杀死老奥普伊奇，为长官复仇。在作者的笔下，所有的塞尔维亚人都同时被仇恨和爱情、友情编织在一起，解也解不开，更令人感到嘲讽的是，他们之所以结仇，却是为了外人的事情，本来与己无关。

除了历史之外，作者还像《哈扎尔辞典》一样，借助了若干神话色彩来渲染气氛，烘托民族的命运。

虽然这几个人都象征着塞尔维亚的命运，然而最英勇善战的哈拉拉姆皮耶·奥普伊奇上尉却被赋予了特殊的涵义。他代表着塞尔维亚人的命运，也是本书唯一与塞尔维亚起义有连接的人物。上尉本人为法国人卖命（正是法国人进攻俄国，使得起义失去了外来援助而失败），却把他的卖命钱偷偷地用在了塞尔维亚人的武装反抗上。带有神话色彩的是，当其他人只拥有一条生命时，上尉却拥有着三条生命，注定要经历三次死亡。

他的第一次死亡是在与熊搏斗时发生的，第二次则是与老泰奈茨基的决斗，第三次是与帕皮拉的决斗。这三次本来都应该是老奥普伊奇死去，却由于他的三条命得以幸存。即便经过三次死亡，他仍然会若无其事地存在于世界，没有人看得出他已经死去，变成了吸血鬼。

然而，他已经死去三次之后，再碰到下一场恋情时，就会在瞬间瓦解消失。而这次恋情发生的地点就在君士坦丁堡，这就是书名《君士坦丁堡最后之恋》的来历。

就连发生地君士坦丁堡也带着象征性：这座城市曾经是世界东正教的中心，是塞尔维亚人心目中的圣城，但在当时，这座城市已经被土耳其人统治了三百多年，变成了一座伊斯兰的城市，甚至连名字都改成了伊斯坦布尔。但作者却坚持称这座城市为君士坦丁堡，表达了塞尔维亚人对民族信仰的关切。同时，塞尔维亚起义反对的也正是土耳其人，可是身为塞尔维亚人的泰奈茨基父子却在土耳其人的首都诗酒流连、谈情说爱。

所谓最后之恋，象征着最后的甜蜜，然而最后之恋也意味着人生的终点，就像南斯拉夫和塞尔维亚一样，经过铁托时期故意渲染的团结景象，却在团结之后，迅速分崩离析，只留下了南斯拉夫人统一和联合迷梦的残迹。世间事物变化之迅速让人感慨，就如同上尉在君士坦丁堡法国特使公馆的花园里当众消失一样，“翌日清晨，用人们在他坐过的座椅下面只找到一对污血斑斑的马刺。”

但就在他消失之后，留下的仍然是一个难解的迷局，他儿子终于摆脱了父亲的阴影，却失去了情人的爱情。他的几个情人和儿子仍然经历着感情和命运的波动，最后如何收场，仍然是个未知数，就像如今的已经分裂的南斯拉夫和年轻的塞尔维亚共和国，夹在东西方之间的它究竟未来怎样，仍然是不确定的……

结构大师的再次出击

在《哈扎尔辞典》中，作者利用了辞典的形式将故事拆碎，变成一个个的词条，让读者去慢慢地发现这个复杂的故事。当读者把故事从辞典的迷宫中复原之后，仍然发现，它的情节是一个几重嵌套的象牙球，从古代一直持续到现代。这种方式固然是作者的大胆尝试，也与当时的社会环境不允许人们自由表达有关。

而在写《最后之恋》时，由于社会环境的改善，作者已经不用再费尽心机地做隐藏了，他把自己的思想更加直接地向读者阐述。但是，作为结构大师，他仍然忍不住把本书的结构做了处理，巧妙地嵌套进了一个新的结构：塔罗牌。

如同中国人利用《易经》来预测未来、感知命运一样，西方的历史中，塔罗牌也是一种起源于远古时期，被人们用来做占卜用的工具。人们甚至将它的起源追溯至古埃及时期，但塔罗牌的真正流行则是在中世纪。

如同《易经》有 64 卦 384 爻，塔罗牌系统一共有 78 张牌，其中大阿卡纳牌有 22 张，解释人的命运，小阿卡纳牌 56 张，辅助大阿卡纳牌进一步解释命运的趋势。这套占卜体系与《易经》一样灵活多变，带有一定的哲理性。

作者在写作《最后之恋》时，巧妙地利用了大阿卡纳牌的 22 张牌，将故事拆成了 22 段彼此相关，却又有一定独立性的故事，每一段故事的主题恰好与 22 张牌的寓意相合，仿佛是对塔罗牌的进一步解释。比如，第 9 号牌在塔罗牌体系中是“隐士”，代表了智慧、经验和明智，作者在写这段故事时，恰到好处地插入了一个隐士，用他的口来说出塞尔维亚人的命运，为故事情节的发展做出了铺垫。

《哈扎尔辞典》最容易做成一个充满了超链接的互联网辞典，拥有着无数种读法，而《最后之恋》也适合印在 22 张塔罗牌上，根据抽取的牌面的不同，其阅读方法从理论上说也有接近于无限种。不过，建议初读者可以先按照顺序阅读，这并不妨碍掌握故事的梗概。

需要说明的是，将故事切割成片段，与某种特定的结构相合，这种写作技巧并非作者所独自使用，已经被善于进取的作家们多次尝试。在意大利作家埃柯的《傅科摆》中，为了营造围绕着圣殿骑士团的神秘历史，作者将故事放进了卡巴拉生命之树的体系之中，卡巴拉是起源于犹太教的一种神秘哲学体系，与塔罗牌和《易经》一样，也是用来预测未来、解释世界的。而犹太教和圣殿骑士团的根都在耶路撒冷。埃柯借助卡巴拉生命之树，暗示着人类的信仰如何从无到有被创造出来，并脱离了现实，演化成灾难。

值得一提的还有一个来自中国的作品，在中国作家吴钢的《易经释梦》中，利用《易经》的体系与甲骨文的释读，试图对中国历史做一种全新的解释，作者的尝试使得《易经释梦》成为了一部独特却又令人惊叹的小说，也可能是近来国内最被低估的作品。

这种写法到了帕维奇手中达到了更加完善和运用自如的境界，彰显了结构主义大师信手拈来的功力。

总体而言，《最后之恋》是继《哈扎尔辞典》之后作者的又一次大胆尝试，这一次，作者更加关注于对民族、历史、国家的命运进行思考，带着铿锵与悲悯，向人们叙述了一个民族跨越千年的命运。

然而，这并非是作者探索的结束，在 2007 年出版的小说《双身记》中，年迈的作者又将思考的重点返回到个体本身，开始考虑个人的命运问题。历史、民族、个人，帕维奇的命运之轮转了一圈，回到了人作为终点。2009 年，帕维奇去世，但他所思考的问题仍将被无数的后人所提及。

郭建龙

2015 年 8 月

附录五
译后记

对米洛拉德·帕维奇及其作品最好的介绍和评说，莫过于他的作品本身。所以，在这个译本即将付梓之际，我无意利用自己浅薄的知识储备，去刻意挖掘作品背后隐含的巴尔干民族与历史的难题，或是借题发挥地评说作者作为小语种作家在世界文学中突围的策略和神奇，或是技术性地对照一番这部小说与卡尔维诺的塔罗牌小说——《命运交叉的城堡》之异同。在此，我只想简要说明一下我遭遇帕维奇作品的过程，并对给了我诸多帮助的友人表达一下由衷的感谢。

将近二十年前的初夏，我乘火车南下广州去联系工作。列车像一头不知疲倦的野兽在夜幕中穿行，我躺在上铺，毫无睡意地读着当时《花城》杂志转载的一部外国小说——《哈扎尔辞典》；夜愈深，我愈是在那部小说里陷得深远。结果则是，那一夜的车程没有让我和广州结缘，反倒是让陌生的帕维奇和神奇的《哈扎尔辞典》闯进了我心目中的文学圣殿，占据了最为显著的位置，并且随着时间的积累愈来愈突出。

2012 年元月，我第一次到美国，第一次走进纽约的思川书店（Strand Bookstore）。原想淘一本趁手的袖珍版索福克勒斯的悲剧集，孰料却与三本英文版的帕维奇作品不期而遇。那三本书——《哈扎尔辞典》、《风的内侧，或关于海洛和利安德尔的小说》和《茶绘风景画》，精装，几乎十成新，没有复本，整齐地摆在高大书架的最上层，定价都是 7.5 美元，就像某人寄放在那儿的礼物，等着我千里迢迢赶来领走。当年岁末，在美国生活的两个朋友得知我钟爱帕维奇的书，又特意给我寄来英文版的《君士坦丁堡最后之恋》和《贝尔格莱德简史》。也就是在那时，我产生了翻译帕维奇的作品并借此向他致敬的念头。所以，我必须得感谢上海译文出版社的龚容女士给了我实现愿望的机会。

其次，感谢作家陈丹燕。2013 年，土耳其的“太平洋贸易和文化咨询公司”策划了一个邀请一百名中国人访问伊斯坦布尔的计划。他们找到了陈丹燕老师，并允许她另外邀请两三人与她同行。陈老师便找到了曹景行先生和我。当时，我刚把英文版的《君士坦丁堡最后之恋》通读了一遍，知道在小说的最后章节，帕维奇让几个主要人物会聚到君士坦丁堡，并在那里完成了他们的宿命。若能在正式着手翻译之前，先到伊斯坦布尔——曾经的拜占庭世界的都城——去看一看，于我当然是求之不得的好事。于是，伴随着那一年的中秋之月，我跟着陈丹燕老师和曹景行先生，走进了土耳其。在伊斯坦布尔的五天行程里，我除了用自己的眼睛观察，也借助小说人物的眼睛，打量过金角湾的绿水、香料市场色彩纷呈的货品，还有那摇曳着索菲亚教堂恢宏倒影的、碧蓝如镜的博斯普鲁斯海峡。走进那座智慧殿堂，在大圆顶下徜徉时，我仿佛看见小说里的主人公索福洛尼耶·奥普伊奇中尉为了转运，把大拇指插进大堂一侧许愿柱上的小圆洞。那几天在伊斯坦布尔的感受，对我翻译帕维奇的这部作品绝对是助益匪浅的。

在翻译过程中，有两位友人给了我慷慨的帮助，必须向他们致谢。第一位是好友张晓强先生。为了避免仅凭英译本或法译本去揣测小说中人名的译法，我便向这位研究俄语文学的兄长请教。他帮我找到了中国社科院外国文学所的东欧文学专家，请他们根据塞尔维亚语，把小说中的人名汉译法整理出来，供我参考。第二位是翻译家叶尊先生。这本书的法语版对书中的拉丁语句和个别词语作了注释，精通法语的叶尊先生在百忙之中把这些注释翻译出来，为我打通了准确理解的通道。

最后，必须感谢帕维奇先生的遗孀，雅丝米娜·米哈伊洛维奇（Jasmina Mihajlović）女士。通过 Email，雅丝米娜女士不仅将书中一些罕见的知识点、难解的隐喻表达和塞尔维亚民间表述，耐心细致地解释给我，并且让我了解到基督教文化里有一种观念：上帝与名词联系在一起，魔鬼与动词联系在一起。另外，她告诉我："帕维奇本人经常建议他的译者照原文的样子去直译，只要你这样做，你的译文就会是理想的，因为语言中特别的东西——那些让读者惊讶、让读者反复琢磨的词句——都会得到保留。"尤其是针对帕维奇作品里常出现的非常规词句，比如本书"太阳"一章中的"*two bowls of warm God's tears*，*a breaded gaze*（两碗热腾腾的上帝之泪，一份裹着面包屑的凝视）"，雅丝米娜女士认为只要照字面意思翻译就好。对书中出现的几处拉丁文引语，她建议不要翻译，也不要加注释，保留原文即可；因为作者写书的时候也没有把它们翻译出来，倘若读者确有兴趣，就会自己去寻找答案。当然，我没有完全遵照她的后一个建议，而是力所能及地作了一些注释。

这部篇幅不长的塔罗牌小说，我译得可谓小心翼翼。但是如果没有上述友人的相助，特别是如果没有雅丝米娜女士的答疑解惑，仅凭我自己的能力，是很难完成的。在此，谨向他们再次表示谢意！

曹元勇
2016 年 5 月 20 日

Milorad Pavic
Last Love In Constantinople：A Tarot novel for divination
First Published in the United States of America 1998
By Dufour Editions，Inc.，Chester Springs，PA 19425
First paperback edition 1999

图字：08－2013－631 号

图书在版编目(CIP)数据

君士坦丁堡最后之恋/(塞尔)米洛拉德·帕维奇(Milorad Pavic)著；曹元勇译. —上海：上海译文出版社，2020.7

书名原文：Last love In Constantinople A Tarot Novel for Divination

ISBN 978－7－5327－8401－1

Ⅰ.①君… Ⅱ.①米… ②曹… Ⅲ.①长篇小说－塞尔维亚－现代 Ⅳ.①I543.45

中国版本图书馆 CIP 数据核字(2020)第 075644 号

君士坦丁堡最后之恋
一部算命用的塔罗牌小说
[塞尔维亚] 米洛拉德·帕维奇 著 曹元勇 译
责任编辑/龚 容 装帧设计/柴昊洲 插图/Racoon

上海译文出版社有限公司出版、发行
网址：www.yiwen.com.cn
200001 上海福建中路 193 号
上海雅昌艺术印刷有限公司印刷

开本 889×1240 1/32 印张 7 插页 2 字数 95,000 卡牌 24
2020 年 9 月第 1 版 2020 年 9 月第 1 次印刷
印数：0,001—7,000 册

ISBN 978－7－5327－8401－1/I·5154
定价：288.00 元

如有质量问题，请与承印厂质量科联系。T：021－68798999

拜占庭塔罗牌

0
LUDa
愚人
0

1

2

3

IV
CAR
皇帝
4

5

6

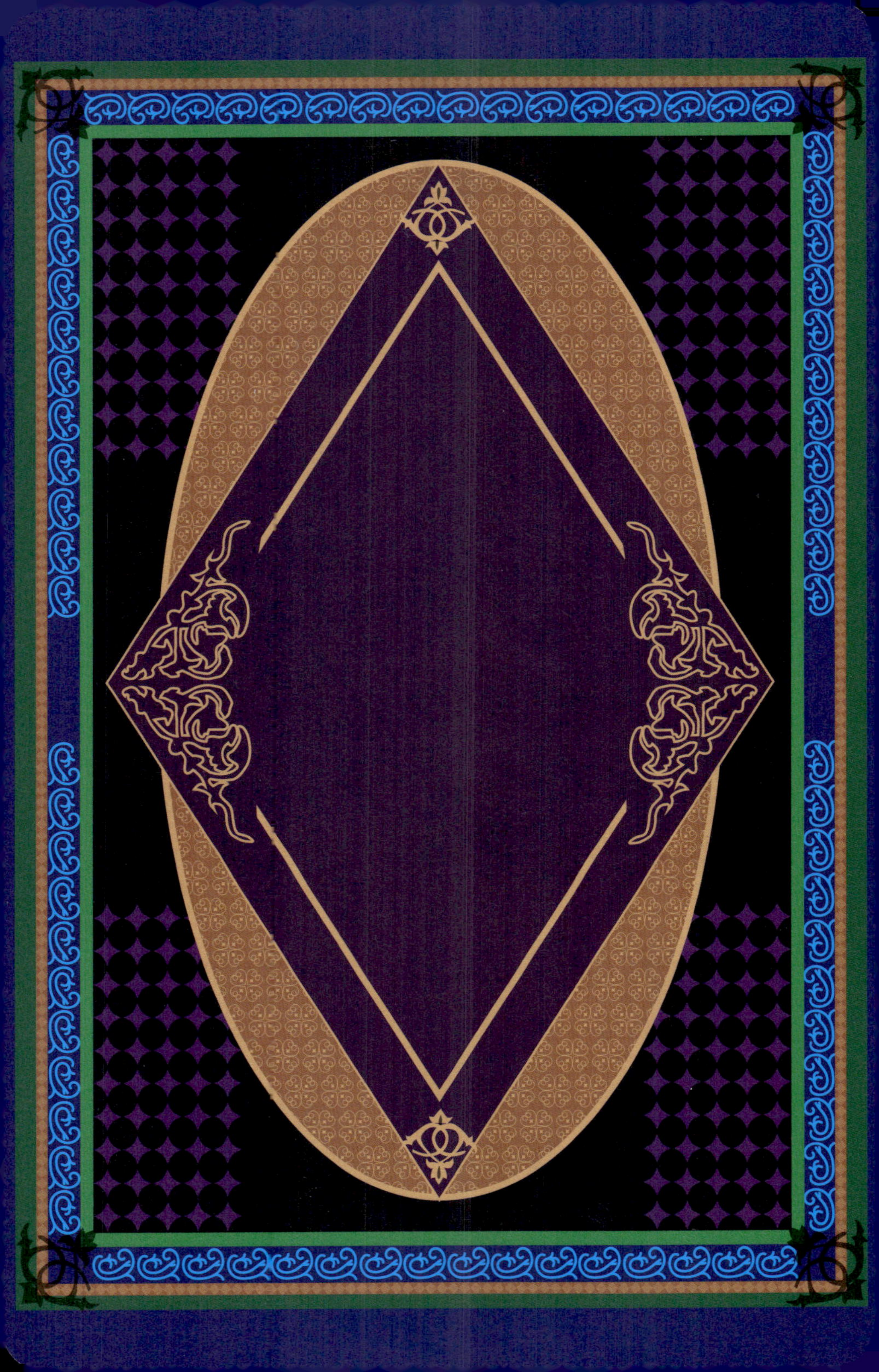

7

8

IX
PUSTINIAK
隐士
9

X
TOČAK SREĆE
命运之轮
10

XI
PRAVDA
正义
11

12

13

XIV
SaCLaSIe
节制
14

XV
DAVO
魔鬼
15

16

17

XVIII
MESECINA
月亮
18

19

XX
STRASHI SUD
审判
20

21

拜占庭塔罗牌
使用说明

1. 如果你想占卜自己的命运，取出这副拜占庭塔罗牌，洗牌并切牌。

2. 按纸牌洗过后的顺序，记下每张纸牌的编号。

3. 把纸牌面朝下呈扇形展开，挑选你想要摆出的纸牌。

- 如果你选择按魔法十字来摆牌阵，先挑选出五张纸牌，按魔法十字的形状把五张牌摆开。
- 按魔法十字牌阵（见本书附录一《塔罗牌阵法》）1、2、3、4、5的顺序，依次将这几张牌翻开。
- 根据本书附录二《双性女士用的大奥秘库要义》，你可以找到与以上牌阵相对应的每张牌的解释。你可以亲自解读每张牌的牌义，也可以请别人解读给你听。解读完一张牌后，再去解读下一张。
- 其他牌阵用法也依次类推。

4. 如果你想让别人为你解牌，那就取出牌，让解牌人洗牌。然后，你一定要用左手切牌。解牌人记住你洗好的纸牌顺序，在桌上把牌面朝下呈扇形展开。你把需要的纸牌抽出来，按解牌人选定的牌阵阵形将纸牌放到桌上。解牌人会翻开这几张牌，把意思解释给你听。